느긋이 인생을 즐긴다
사랑하는 딸이 생겨서
박탈당한 아저씨지만,
모험가 자격을
Enjoy new life with my daughter
2
© 2018 Fuzichoco

《화염의 성령, 분노의 불꽃을
나에게 빌려주소서》
나는 모든 신경을 집중하여
골렘 무리의 중심지에서
마력을 해방했다.
© 2018 Fuzichoco

더글러스 포드
다채로운 마법 스킬을 사용하는 강화 마술사.
전성기 이상의 힘을 얻지만
모험가로는 돌아가지 않고
라비와의 여행을 만끽 중.
"불 마법 샐러맨더!!"
그 순간,
굉음이 일며 맹렬한 열풍과 함께
대폭발이 일어났다.

"자, 아~ 해."
"아빠, 얼른 입 벌려 줘……."
이, 이건…… 역시 부끄럽다.
하지만 내가 거부하면 분명
라비가 상처 받는다.
라비
많은 수수께끼를 가진 소녀.
더글러스와 깊은 인연을 맺고
친아빠처럼 따른다.
© 2018 Fuzichoco

라비가 해맑게 웃으며
포크로 찍은 고기를 내밀었다.
"윽……."

Contents

모험가 자격을 박탈당한 아저씨지만, 사랑하는 딸이 생겨서 느긋이 인생을 즐긴다

2

Enjoy new life

With my daughter

저자

오노나타 마니마니

일러스트

후지 초코

1화 아저씨와 소녀, 도피행 도중에

Enjoy new life
With my daughter

헌병대로부터 도망치기 위해 포장마차에 숨어 있다가 밀턴 변두리에서 내렸다. 그 후 나는 라비를 데리고 남쪽으로 가는 가도를 서둘러 나아갔다.

라비는 내가 안고 있었다.

꾸벅꾸벅 졸 때마다 자도 된다고 말했지만 눈을 비비며 고개를 저었다.

열심히 나와 함께 깨어 있으려는 거겠지.

좀 더 어리광을 부려도 되는데…….

기특하게 느끼며 나는 라비의 몸을 고쳐 안았다.

"푹 재워 주지 못해서 미안해."

"괜찮아……. 벼, 별로 안 졸려……."

어색한 배려에 쓴웃음으로 대답했다.

우리는 도보지만 헌병대는 말이 있다.

아침이 되어 말을 타고 수색한다면 상당히 불리하다.

어느 정도 거리가 벌어질 때까지는 안심할 수 없었다.

라비를 쉬게 해 줄 만한 거리까지 아무튼 서둘러 이동하고 싶었다.

나는 묵묵히 발을 움직였다.

◇◇◇

동틀 무렵.

뒤돌아봐도 밀턴이 보이지 않게 됐을 때, 나는 마침내 발을 멈췄다.

가도를 벗어나 숲에 들어가서 쉴 곳을 찾았다.

마침 석회 동굴을 발견하여 여기서 한동안 쉬기로 했다.

밝은 낮에 가도를 걷는 것은 위험하다. 들킬 가능성이 커진다.

—하지만 헌병대가 굳이 나를 쫓아올까?

그런 생각이 들기도 했지만, 방심했다가 다시 끌려가는 사태만큼은 피하고 싶었다.

밀턴 헌병대장의 출세욕이 어느 정도일지.

짐작이 가지 않는 이상, 경계하지 않을 수 없었다.

그런고로 한동안은 신중하게 여행하기로 했다.

석회 동굴 안쪽으로는 햇빛이 들어오지 않았다. 나는 가방에서 양초를 꺼내고 성냥으로 불을 붙였다.

일렁이는 불빛을 의지하여 안쪽으로 나아갔다.

"이만큼 깊이 들어왔으면 문제없겠지."

헌병대의 눈과 짐승을 피할 수 있으면 충분하다.

지면에 촛농을 뚝뚝 흘리고 굳기 전에 양초를 세웠다.

잘 고정됐다. 이제 불빛은 걱정하지 않아도 된다.

"굉장해……."

라비는 불빛을 받고 드러난 석회 동굴을 올려다보고서 감탄했다.

"석회 동굴은 처음 봐?"

"서쾨 동굴……."

더듬더듬 따라 말했다. 아무래도 이름도 몰랐던 모양이다.

"저거 얼음이야?"

라비가 천장에 달린 종유석을 가리키며 물었다.

"하하. 얼음처럼 보이긴 하지. 하지만 저건 돌이야. 석회로 이루어진 하얀 바위야."

라비는 흥미롭게 천장을 올려다보았다.

"석회 동굴은 석회암이 빗물이나 지하수 등에 녹아서 만들어진 동굴이야."

"……! 물이 이렇게 큰 구멍을 뚫은 거야?"

"그래. 정신이 아득해질 만큼 긴 세월에 걸쳐서 말이야."

"대단하다……."

시험 삼아 석회 동굴의 생성 과정을 설명하자 라비는 눈을 반짝반짝 빛내며 새겨들었다.

내 마음도 훈훈하게 따뜻해졌다.

좀 더 여러 가지를 가르쳐 주고 싶다.

"석회 동굴 안은 계절을 불문하고 비교적 기온이 안정되어 있어. 다만 습도가 높아. 잠자기에는 별로 안 좋지."

그래도 짐승 걱정은 안 해도 된다.

애초에 헌병대를 경계하며 쪽잠을 자는 것이니 너무 욕심을 부릴 수는 없었다.

“여기서부터는 가도를 피해서 갈 거야.”

발자크까지 걸어서 열흘 정도 걸리는 거리다.

도중에 작은 농촌이 드문드문 있는 정도이니 어차피 노숙이 주가 된다.

“푹신푹신한 침대에서 자는 생활은 한동안 무리지.”

메고 있던 가방을 내리고 안에서 담요를 두 장 꺼냈다.

“라비, 이걸 써.”

“응.”

코트는 벗어서 밑에 깔고 가방으로 베개를 대신했다.

라비도 나를 보며 코트를 펼치고 똑같이 잠자리를 마련했다.

담요를 배 위에 펼치고 눕자 라비도 옆에 누웠다.

나는 고개를 들어 담요가 라비의 전신을 제대로 덮었는지 확인했다.

발치 쪽이 뒤집혀 있었기에 몸을 일으켜서 매만졌다.

나한테는 작은 담요여도, 라비의 몸은 폭 덮였다.

“아빠, 고마워…….”

“그래.”

대답하고서 다시 누웠다.

“점심쯤까지 여기서 쉬자.”

“응…….”

라비는 몸을 휙 돌려서 내 팔에 몸을 딱 붙였다.

온기를 찾는 작은 동물 같았다.

"아빠…… 이, 있지……."

"응?"

"……마, 말해야…… 한다는 건 알아……."

라비의 목소리가 점점 작아졌다.

그리고 라비의 몸이 덜덜 떨리기 시작했다.

라비가 뭘 말하려고 하는지 묻지 않아도 알 수 있었다. 암살자와 관련된 이야기겠지.

"하, 하지만…… 얘기하려고 하면…… 무섭고…… 괴, 괴로워서……."

라비의 목에서 비명 같은 호흡 소리가 색색 새어 나왔다.

나는 황급히 라비의 몸을 끌어안았다.

"라비. 말했잖아. 무리해서 이야기하지 않아도 돼."

컥컥대며 거칠게 호흡하는 라비를 필사적으로 타일렀다.

라비는 내 셔츠를 꼭 잡고서 울며 달라붙었다.

"아, 안 돼……. 나…… 아빠를 위험에 빠뜨리고 있어……. 내가 같이 있으면 안 좋은 일이 잔뜩 일어나……."

"그렇지 않아……!"

작은 몸을 마주 안고 부정하는 말을 전했다.

하지만 라비는 겁먹은 채 고개를 가로저었다.

"나는 저주받은 아이니까……! 까만 사람들이 와서, 악마의 먹이가 될 거야……."

저주받은 아이? 까만 사람들이라는 건 암살자인가……?

라비가 두려워하는 것의 정체를 밝혀내면 고통에서 구해 줄 수 있을지도 모른다.

그렇게 생각했지만, 단편적인 말만 했는데도 이렇게 무서워했다.

지금 이 이상을 바라는 건 몹쓸 짓이었다.

“라비, 이제 그만해.”

“윽…… 우으…….”

많이 동요했는지.

라비는 그대로 심하게 콜록거렸고 살짝 토하고 말았다.

“으웩……. 아으…….”

“전부 토해도 돼.”

“으…….”

등을 문지르며 계속 다독였다.

괜찮다고, 진정하라고, 가능한 한 상냥한 목소리로 속삭였다.

마침내 울렁거림이 가라앉았는지 라비가 눈물범벅이 된 얼굴을 들었다.

“미, 미안해요…….”

“괜찮아. 자, 입 닦자.”

더러워진 입가를 수건으로 닦았다.

그리고 수통에 든 물을 컵에 따라서 입을 헹구게 했다.

입안에 쓴맛이 남아 있을지도 모르기에 마지막으로 각설탕을 한 알 건넸다.

“먹어도 돼……?”

“그래. 단 음식은 마음을 진정시켜 줘.”
“응…….”
손끝으로 집은 각설탕을 라비가 입안에 쏙 넣었다.
오른쪽 뺨이 조금 볼록해지며 라비의 표정이 평온해졌다.
“달고 맛있어…….”
“그래.”
겨우 침착함을 되찾은 라비를 보고 안도의 숨을 내쉬었다.
“라비, 너와 만나서 다행이야. 나는 많은 행복을 받고 있어. 안 좋은 일 따위 하나도 없어. 내게는 전부 소중한 추억이 됐어.”
내 말을 들은 라비가 고개를 번쩍 들었다.
그 얼굴에 웃음이 번지려다가 입술이 꾹 다물렸다.
기쁨을 억지로 억누르는 듯한 모습이었다.
“하, 하지만…… 나쁜 사람한테 공격받기도 했고……. 지금도 나 때문에 도망치게 됐잖아…….”
“나는 전혀 신경 안 써. 그러니까 라비도 신경 쓰지 마.”
“하지만…….”
“라비가 내게 털어놓으려고 마음먹은 건 기뻐. 하지만 무리하지 않았으면 좋겠어. 비밀을 가진 것에 죄의식을 느끼지 않아도 돼.”
“아빠…….”
“라비가 얘기하고 싶어지면 그때 말해 줘. 어떤 내용이든 상관없어. 나는 받아들일 거야.”
“응……. 고마워…….”

라비의 눈에서 또 눈물이 뚝 떨어졌다.

"아아……! 우, 울지 마……!"

나는 허둥지둥 그 눈물을 닦았다.

당황한 나를 보고 라비가 작게 웃었다.

그 모습을 보고 아까와는 다른 종류의 눈물임을 깨달았다.

그래도 역시 라비가 울면 마음이 약해진다.

나는 필사적으로 라비를 달랬다.

떠안고 있는 어둠을 털어놓고 편해진다면 얼마든지 받아 줄 것이다.

하지만 지금 라비에게는 아직 그럴 여유가 없었다.

비밀을 간직한 죄책감 때문에 억지로 말을 긁어모으고 있다는 것이 슬프도록 전해지니까…….

대체 어떻게 하면 라비의 마음이 편해질까.

나는 고민하며, 울다 지친 라비를 끌어안았다.

"아빠, 따뜻해……."

조금 전까지의 겁먹은 목소리와는 달랐다.

어리광 부리는 듯한 어조로 중얼거린 라비는 졸린 듯했다.

"이만 자."

"응……."

라비는 1밀리미터도 떨어지기 싫은 것처럼 양손과 양발로 내 몸을 휘감고서 기절하듯 잠들어 버렸다.

내가 있는 곳이 라비에게 절대적으로 안전하다고, 여기 있으면 아무것도 무섭지 않다고 믿게 하고 싶다.

나는 석회 동굴 안쪽으로 이어지는 어둠을 바라보며 그렇게 생각했다.

2화 아저씨와 소녀, 석회 동굴에서 찬란한 새와 만나다

Enjoy new life
With my daughter

석회 동굴 안.

잠든 라비의 새근거리는 숨소리를 들으며 꾸벅꾸벅 졸고 있으니 어둠 안쪽에서 소리가 들렸다.

"……."

누운 채로 숨죽여 동굴 안쪽을 보았다.

뭔가가 무너진 것 같은 소리였다.

돌이 떨어진 걸까.

살펴보러 가야 할지 망설이고 있으니 정적 속에 아까와는 다른 소리가 울렸다.

『……쿠르르…….』

"……!"

안쪽에 뭔가 있다.

나는 즉시 상체를 일으켰다.

"응……. ……아빠……?"

졸린 눈을 비비며 라비가 나를 불렀다.

"미안, 라비. 깨워 버렸네."

새 양초를 꺼내 불을 옮기며 방금 들린 소리에 관해 라비에게 이야기했다.

"동굴 안쪽을 보고 올게. 라비는 어쩔래?"

"같이 가도 돼……?"

"그래. 그편이 안심이야."

오른손에 양초를 들고 왼손은 라비의 손을 잡고서 석회 동굴 안쪽으로 향했다.

길은 매우 구불구불했다.

일렬로 서야 지날 수 있을 만큼 좁은 곳도 있었다.

이윽고 길이 둘로 나뉘었다.

한가운데에는 얕은 개울이 흘렀다.

한쪽 물가에 사람 머리만 한 종유석이 떨어져 있었다.

산산조각이 난 파편이 주변에 흩어져 있었다.

아까 들은 낙석 같은 소리의 원인이 이건가.

"아빠, 저것 좀 봐……!"

라비가 작은 목소리로 나를 불렀다. 퍼뜩 놀라 하류 쪽으로 시선을 보냈다.

저건—. 어둠 속에 커다란 새가 축 늘어져 있었다.

팔을 뻗어 촛불을 비춰 보고 어두운 색깔의 무언가가 개울물에 섞여 있음을 깨달았다.

아마도 피겠지.

"낙석으로 다쳤나. 근데 저 새—『삼색 갈로』인가. 설마 이런 곳에서 보게 될 줄이야……."

『삼색 갈로』는 희소종으로 등록된 새다.

빨간색, 파란색, 노란색이 섞인 희한한 깃털과 매우 훌륭한 볏을 가졌다고 들었는데, 확실히 어둠 속에 있어도 알 수 있을 만큼 아름다웠다.

하지만 내가 아는 삼색 갈로와는 뭔가가 다른 것 같았다.

위화감을 느끼며 자세히 보려고 했지만 너무 어두워서 확실히 알 수 없었다.

아니, 지금은 그보다도 치료가 먼저다.

새를 향해 손을 들고 회복 스킬 주문을 영창했다.

《생명을 지키는 상냥한 여신, 치유의 빛을— 완전 회복.》

새의 몸이 부드러운 빛에 감싸인 직후, 개울물에 흐르던 피가 멎었다.

축 늘어져 있던 새가 자기 몸을 확인하듯 날개를 움직였다.

기운차게 날갯짓하는 모습을 보고 안도했다.

"아빠, 나를 도와줬을 때 같아……."

라비가 기뻐하며 말했다.

그 말을 들은 순간, 라비와 만난 날의 기억이 되살아났다.

새삼 생각해 보니 나는 다친 사람이나 다친 생물과 조우할 때가 많았다.

그런 운명 아래에서 태어난 걸지도 모르겠다.

『쿠~ 쿠르르.』

유쾌한 소리로 운 새가 우리의 얼굴을 번갈아 보고서 천천히 고개를 숙였다.

"후후! 인사하는 것 같아……!"

내가 미소 지으며 라비의 머리를 쓰다듬었을 때, 새가 물보라를 일으키며 개울에서 퍼드덕 날아올랐다.

눈앞을 지나 유유히 나는 새를 보고 라비와 나는 무심코 숨을 삼켰다.

빛이 확실히 비치는 범위까지 새가 다가오고 나서야 알았다. 깃털의 색은 삼색 수준이 아니었다. 극채색 깃털이 새의 몸을 덮고 있었다.

"와아……!"

감동하여 외치는 라비와 함께 비상하는 새를 올려다보았다.

종유석 사이를 우아하게 날아다니는 모습은 마음을 빼앗길 정도로 아름다웠다.

"앗……! 아빠!"

라비가 가리킨 곳을 보니 깃털 하나가 팔랑거리며 떨어졌다.

손을 뻗어 그것을 받았다.

"이것 봐, 라비. 아주 예뻐."

"정말이네……!"

깃털은 보는 각도에 따라 어떤 색으로도 변화했다.

"이 깃털, 시험 삼아 감정해 볼까."

그러면 저 새의 정식 이름을 알 수 있을 터다.

"이름이 뭘까."

라비가 설레는 눈으로 내 손에 있는 깃털을 들여다보았다.

나는 깃털을 향해 손을 들고 감정 스킬을 발동시켰다.

《전지전능한 신, 지식의 책의 페이지를 넘겨 나에게 뛰어난 지혜를 주소서— 져지.》

아이템명: 미발견 생물의 깃털

레어도: ★★★★★★★★★★

"……뭐?! 미발견 생물이라고?!"

"아빠, 왜 그래?"

"놀라운데. 저 새는 미발견 생물이었어."

"미발견 생물……?"

"생물학적으로 확인되지 않은 미지의 생물이란 뜻이야."

"으음…… 우리 말고는 아직 누구도 모르는 새라는 거야?"

"그래, 맞아."

석회 동굴에 잘못 들어온 생물이 그대로 눌러앉아 밖으로 나가지 않으면 이윽고 독자적인 진화를 이루게 된다.

이를테면 햇빛 아래에서 사는 종보다 시력이 퇴화하고 청각이 발달하는 식으로.

그렇게 시간이 흘러 새로운 종의 생물이 탄생한다.

그런 이야기를 예전에 어떤 문헌으로 읽은 적이 있었다.

그 점을 의식하고 자세히 살펴보니 새는 진묘한 형태의 작은 귀를 가지고 있었다.

바깥 세계에 사는 다른 새들에게도 눈에 띄지는 않지만 귀가 있다.

하지만 귀가 크게 튀어나와 있을수록 바람의 저항을 받게 된다.

그래서 바깥 세계에 서식하는 새들의 귀는 대부분 눈치챌 수 없을 만큼 작지만 석회 동굴은 무풍이다.

날아다닐 때 받는 풍압은 당연히 있으니 거대해지지는 않았겠지만, 귀엽게 자기 존재를 주장할 정도로는 귀가 진화해 있었다.

"우리밖에 모르다니, 뭔가 대단하다……!"

"그러게. 아무튼 전 세계에서 나랑 라비만 아는 거니까 말이야."

"하지만 이렇게 예쁘니까…… 모두에게 보여 주고 싶어……. 분명 이 깃털을 본 사람은 행복한 기분이 들겠지……?"

라비가 미소 지으며 내게 물었다.

"그렇겠지. 큰 도시에 들렀을 때, 이 깃털을 생물학협회에 가져가면 등록할 수 있어. 학명에 라비의 이름을 붙이는 것도 가능해."

"내 이름……?"

라비가 눈을 동그랗게 뜨고 깜박거렸다.

기뻐한다기보다는 당황한 표정이었다.

"그리고 이 깃털을 팔 수도 있어. 깃털의 매입 금액은 막대한 액수가 될 거야. 라비의 목걸이도 세오 영감님에게 감정받았을 때 꽤 고가였지? 미발견 생물이면 목걸이의 몇 배는 되는 가격이 붙을 거야."

그런 이야기를 하다가 생각났다.

허겁지겁 밀턴을 떠나느라 깜빡했는데 아직 목걸이를 팔지 않았다.

뭔가 목걸이를 넘기려고 할 때마다 재수가 옴 붙는 듯한 기분이 없지 않았다.

설마 저주받은 물건이라서……?

"있지, 아빠. 생물학협회에 등록하면 모두에게 예쁜 깃털을 보여줄 수 있어……?"

라비는 학명에 자기 이름을 붙일 수 있는 것에도, 막대한 돈에도 관심을 보이지 않았다.

나도 비슷한 성격이라 쓴웃음을 지었다.

유명해지는 것이나 거금을 손에 넣어 만족감을 얻는 쪽이 아마도 세상 살기는 쉽다.

라비가 나와 똑같은 성격이라서 기쁘기도 하고 곤란하기도 한 복잡한 기분이었다.

"아빠?"

"어이쿠, 미안. 잠깐 멍해 있었어. —그러네. 분명 다들 예쁜 깃털에 푹 빠질 거야. 아주 아름다운 새니까 생물학자나 헌터들이 실물을 필사적으로 찾겠지. 저 새에게는 별로 기쁘지 않은 사태가 일어날 것 같지만."

학자와 헌터 중에는 보는 것만으로 만족하지 못하는 녀석들도 있다.

애완동물로 삼거나 박제하려는 자, 동물원에 팔아넘기려는 자, 액세서리의 재료로 쓰려는 자.

안타깝지만 희귀하다는 이유만으로 생물은 쫓기고 사냥당한다.

"그럴 수가……."

내 설명을 듣자마자 라비의 표정이 흐려졌다.

라비의 상냥한 마음은 매우 소중했다.

그렇기에 일의 안팎 사정을 모두 가르쳐 줘야 한다고 생각했다.

"헌터에게 쫓기는 거, 불쌍해……. 그렇게 되지 않았으면 좋겠어……."

내 코트 자락을 잡고 라비가 필사적으로 호소했다.

나도 고개를 끄덕여 대답했다.

"저 새의 고즈넉한 생활을 지켜줄까?"

"그러고 싶어……."

"그럼 저 새는 나랑 라비의 비밀이야."

"응……. 둘만의 비밀……."

라비는 뺨을 살짝 붉히며 기쁘게 웃었다.

아무래도 비밀이 기쁜 듯했다.

어제 겁먹은 모습은 본 후라서 라비의 웃는 얼굴은 내 마음에 사무쳤다.

무심코 안아 올리자 라비는 아이답게 까르르 웃으며 꼭 안겼다.

"이 깃털은 책갈피로 쓰자."

나는 라비를 내려 주고 가방에 넣어 뒀던 가죽 수첩을 꺼냈다.

페이지를 팔락팔락 넘겨 마지막으로 메모한 부분에 극채색 깃털을 끼웠다.

"아빠, 얘기해 줘서 고마워……. 좋은 점도 나쁜 점도 있다고 가르쳐 줘서 좋았어……."

"라비……."

아무래도 내 판단은 틀리지 않은 모양이다.

안도하여 라비를 보며 웃었다.

모처럼 찾은 미발견 생물을 보고하지 않는다니, 생물학협회 사람들이 알게 되면 불같이 화낼 것이다.

명성과 돈을 간단히 포기하다니 미쳤다고 생각할 것 같다.

하지만 나는 생물학자도 아니고, 헌터도 아니고, 하물며 지금은 모험가조차 아니다.

그저 애 딸린 떠돌이다.

사랑하는 딸의 미소만이 소중했다.

"걱정하지 마. 네 생활을 위협하는 짓은 안 해."

나는 새를 향해 말했다.

새는 대답하듯 한 번 울고서 석회 동굴의 더 깊은 안쪽으로 날아갔다.

3화 아저씨와 소녀, 숲속에서 한숨 돌리다 ~커피와 허브티~

Enjoy new life with my daughter

밀턴을 떠난 지 이틀이 지났다.

헌병대와는 한 번도 맞닥뜨리지 않았고, 지금도 쫓기고 있다는 느낌은 전혀 들지 않았다.

"라비, 잠깐 쉴까."

"그래도 돼……?"

"그래. 여기까지 왔으면 이제 걱정하지 않아도 되니까."

줄곧 긴장하고 있었으니 라비도 피곤할 것이다.

가도가 아니라 숲속을 걷는 것만으로도 추적 대비는 충분했다.

느긋하게 이동해도 앞으로 이레면 발자크에 도착한다.

"불을 피워서 따뜻한 음료라도 마시자."

라비가 기뻐하며 고개를 끄덕였다.

역시 휴식을 제안하길 잘했다.

"그럼 우선은 모닥불에 쓸 땔감을 모아 볼까."

"응……! 떨어져 있는 나무를 주우면 돼……?"

"그래. 다만 조금 요령이 있어."

"요령?"

"되도록 마른 땔감을 찾아야 해. 눅눅하면 불이 잘 붙지 않고 연기가 많이 나니까. 오늘 흙 상태를 보면—."

자리에 쭈그려 앉아 낙엽을 가볍게 치웠다.

흙이 얼마나 말랐는지 확인하기 위해서였다.

손으로 만져 보니 바로 알 수 있었다.

아무래도 비는 며칠간 내리지 않은 듯했다.

지면에 떨어져 있는 나뭇가지는 이윽고 부패해서 흙으로 돌아간다.

그래서 젖은 것이 많지만, 지금 흙의 상태를 보면 떨어져 있는 나뭇가지여도 마른 것을 찾을 수 있을 것이다.

내가 그렇게 전하자 라비는 흥미진진한 얼굴로 고개를 끄덕였다.

"마른 나뭇가지는 어떻게 구분해……?"

"부러뜨려 보면 바로 알 수 있어. 예를 들어서—."

나는 적당한 나뭇가지를 하나 주워 한가운데를 부러뜨렸다.

뚝, 경쾌한 소리가 울렸다.

"이렇게 좋은 소리가 나면 말랐다는 증거야. 눅눅한 나뭇가지는 부드러워서 이런 소리가 안 나."

"아빠, 대단해……. 뭐든 다 알아……!"

라비가 내게 동경하는 눈길을 보냈다.

나는 부자연스럽게 헛기침하여 쑥스러움을 얼버무렸다.

"그럼 바로 모으자."

"힘낼게……!"

라비는 중요한 임무를 명받은 신병 같은 얼굴을 하고 고개를 끄덕였다.

그 표정이 사랑스러워서 절로 미소가 지어졌다.

"영차…… 영차……."

라비는 하나씩 나뭇가지를 주워 배운 대로 한가운데를 부러뜨려 나갔다.

뚝 소리가 나면 매우 기쁜 표정을 지었기에 그 모습을 보고 있기만 해도 마음이 훈훈해졌다.

—그로부터 얼마 후.

라비가 노력해 준 덕분에 충분한 양의 땔감이 모였다.

"고마워, 라비. 이제 다음 단계로 갈 수 있어."

"다음은 뭐 해……?"

"모은 땔감을 정리할 거야. 두꺼운 것도 있고 가느다란 것도 있지? 그걸 같은 그룹끼리 나누는 거야. 땔감은 두께에 따라 사용하는 타이밍이 다르거든. 정리해 두면 불을 붙인 뒤의 작업이 수월해져."

나는 기준이 되도록 땔감을 세 개로 나눴다.

먼저 펜 정도로 가는 나뭇가지.

다음은 손가락 정도 두께의 나뭇가지.

그리고 마지막으로 그것들을 웃도는 매우 두꺼운 나뭇가지.

"라비, 나머지 땔감도 비슷하게 나눠 줄래?"

"응……!"

씩씩하게 고개를 끄덕여서 웃고 말았다.

라비는 늘 매우 즐겁게 도와준다.

공평한 눈으로 봐도 이렇게 착한 아이가 또 있을까.

솔직히 나는 세상에서 가장 착한 아이가 라비라고 생각한다.

"아빠, 다 했어……."

"오. 빠르네. 고마워. 그럼 이번에는 땔감을 쌓자. 여기까지 오면 모닥불 완성까지 얼마 안 남았어."

땔감을 쌓는 방식은 여러 가지다.

목적에 따라 쌓는 방식도 달라진다.

오늘은 짧은 휴식에 이용할 뿐이니 불을 느긋하게 즐기는 방식은 피한다.

그리고 차를 마시기 위해 물을 빨리 끓이고 싶었다.

그렇다면『변형 삼각형』이라는 방법이 적절했다.

먼저 땔감을 놓을 곳 주위에 흙을 빙 둘러 쌓는다.

이렇게 바람을 차단하면 불을 지킬 수 있다.

화덕을 파는 방법도 있지만 시간이 걸리므로 잠깐 쉴 때 쓰기에는 적합하지 않았다.

다음으로 가장 가는 나뭇가지를 지면 위에 펼쳤다.

아무리 말랐다고 느껴져도 흙에는 당연히 수분이 포함되어 있다.

마른 나뭇가지를 쫙 깔아서 습기를 막을 수 있다.

다음으로 라비가 분류해 준 땔감 중에서 특히 두꺼운 나뭇가지를 두 개 골랐다. 바닥에 깐 나뭇가지 위에 그걸 뒤집힌 브이(V)자 형태가 되도록 얹었다.

흔들거리면 위험하므로 몇 번 조정했다. 그리고 마지막으로 두꺼운 나뭇가지 사이에 작은 냄비를 끼우면—.

"좋아, 이로써 준비 끝이야. 불을 붙이자."

"응……!"

가는 가지 몇 개를 뭉텅이로 들고 마법을 써서 불을 붙였다. 그 나뭇가지를 모닥불에 넣어 불을 옮겼다. 빨간 불꽃이 작게 화륵 붙더니 일렁거리며 커졌다.

"굉장해……! 불이 붙었어……!"

라비가 손뼉을 치며 기뻐했다.

지금까지도 몇 번 모닥불을 피웠지만 자신이 도와준 만큼 감동도 클 것이다.

"아빠랑 같이 모닥불을 만들 수 있어서 무척 즐거웠어……. 아빠는 내가 모르는 걸 잔뜩 가르쳐 주니까……. 그게 정말 기뻐."

조금 쑥스러워하며 라비가 그렇게 말했다.

뭐라고 대답하면 좋을지 알 수 없어서 나는 우물쭈물했다.

쑥스러워하는 라비는 귀엽지만, 쑥스러워하는 아저씨는 마뜩잖다.

그런고로 억지로 사고를 전환했다.

"흠흠……. 이렇게 땔감을 쌓으면 땔감끼리 만난 곳에 열이 집중돼. 거기에 냄비를 올리면 물을 빨리 끓일 수 있어."

아까 지나온 개울에서 뜬 물을 냄비에 부었다.

꼴꼴꼴.

머그컵 두 잔 분량이니 이 정도려나.

이렇게 몇 분 기다린다.

"그사이에 이쪽을 준비해 둘까. 라비의 머그컵을 줘."

"응."

라비가 오렌지색 가방에서 자기 머그컵을 꺼냈다.

세오 영감님의 가게에서 구입한 것으로, 내 머그컵보다 한층 작은 은색 컵이었다.

두 컵을 나란히 놓고 마대 안을 뒤적였다.

나는 커피를.

라비에게 커피는 아직 무리겠지.

"라비는 뭐 마실래? 허브티? 홍차?"

홍차 찻잎은 커피와 함께 상비하고 있었다.

허브티 찻잎은 세오 영감님의 아들이 추천해서 샀다.

레몬그라스라는 허브를 말린 것으로 피로를 푸는 효과가 있다고 했다.

"허브티 마셔도 돼……?"

"그래, 물론이지. 그럼 이 거름망에 허브를 넣고—."

냄비 안을 확인했다.

"라비, 물이 끓기 시작했어."

"어……? 벌써……? 아……! 진짜다. 보글보글 끓고 있어……!"

"여기에 뜨거운 물을 따르면—."

"좋은 냄새……."

"허브는 향이 강해. 물에 색이 우러나오기 시작했네. 너무 진하면 쓴맛이 날 테고, 이 정도면 되려나."

나는 머그컵에 담그고 있던 거름망을 꺼냈다.

맑은 연둣빛 차에서 상쾌한 향기가 났다.
"라비. 뜨거우니까 조심해."
"고마워……."
양손으로 머그컵을 받은 라비가 흥미롭게 컵 안을 들여다보았다.
냄새를 킁킁 맡는 모습이 사랑스러웠다.
"먼저 마셔도 돼."
"아빠 기다릴래……. 같이 마시고 싶으니까……."
나도 모르게 눈꼬리가 축 처지고 말았다.
라비의 이런 점은 정말로 귀엽다.
아니, 귀엽지 않은 부분이 없지.
라비가 기다리고 있으니 내가 마실 커피를 준비하자.
이건 평소와 똑같이.
미리 갈아 둔 커피콩을 한 스푼 떴다.
대충 씻은 거름망을 이용해 드립하니 이번에는 향긋한 냄새가 코를 간질였다.
"많이 기다렸지? 그럼 마실까."
"응, 잘 먹겠습니다."
"잘 먹겠습니다."
건배하듯 가볍게 머그컵을 부딪치고 김이 오르는 컵으로 입을 가져갔다.
커피 냄새가 한층 짙어지며 바로 이거라는 기분이 들었다.
뜨거운 것도 잘 마시기에 그대로 입에 머금었다.

"……하아. 맛있다."

한숨과 함께 말이 흘러나왔다.

딱히 비싼 콩을 쓰지는 않았다.

하지만 자연 속에서 따뜻한 불 앞에 둘러앉아 마시는 커피는 지고한 기쁨을 준다.

한숨 돌리고 라비에게 시선을 보냈다.

라비는 아직 컵을 안고서 입김을 후~후~ 불고 있었다.

그런 다음 신중하게 내민 입술을 가져가 꿀꺽 마셨다.

"흐아아…… 맛있어……."

"다행이네. 시진 않아?"

"응, 산뜻해."

"그래? 다음에 큰 도시에 들르면 전문점에 가 보는 것도 좋겠다. 허브티는 여러 종류가 있다는 모양이야."

"정말? 기대된다……."

뺨에 손을 얹고 해맑게 웃은 라비가 나를 올려다보았다.

나도 미소로 대답했다.

그 후 우리는 느긋이 차를 즐기고 새 소리를 들으며 조용히 보냈다.

대화는 없었다.

숲속을 바라보며 그저 멍하니 있는 시간이었다.

라비는 지루해하지 않고 기쁜 듯이 내게 다가붙어 있었다.

따뜻한 행복이 가슴을 채웠다.

이런 시간을 영원히 보낼 수 있으면 좋겠다고 생각했다.

4화 아저씨와 소녀, 진짜 가족이 되다

Enjoy new life with my daughter

길도 나지 않은 숲속을 걷는 여행도 9일째.

나와 라비는 지금 별이 총총히 뜬 하늘 아래에서 저녁 식사를 끝내고 느긋하게 쉬고 있었다.

"드디어 내일이면 발자크에 도착이야."

"응……."

모닥불이 튀는 소리가 타닥타닥 울렸다.

둘 다 평소보다 말수가 한층 더 적었다.

나는 멍하니 불을 바라보며 라비와 처음 만난 날 나눴던 대화를 떠올렸다.

『돌아갈 곳은…… 없어…….』

『뭐? 돌아갈 곳이 없다니, 가족은?』

『가족도…… 없어.』

『하지만 저주에 걸리기 전에 생활하던 곳은 있을 거 아니야? 그곳에 바래다줄까?』

『아, 안 돼……. 그곳에는 돌아가고 싶지 않아……! ……뭐든 할 테니까, 그러니까 그곳에는 돌려보내지 마…….』

『…….』

결국 나는 겁먹은 라비에게 「너를 발자크에 데려가서 돌봐 줄 사람을 찾아 주겠다」라고 약속했다.

그렇게 우리 두 사람은 발자크를 향해 여행을 계속해 왔다.

……우리의 여행도 내일이면 끝인가.

여행뿐만이 아니다.

대리 부모로 지내는 나날도 내일이면 끝나 버린다.

시선을 느끼고 고개를 들자 뭔가 하고 싶은 말이 있는 듯한 라비와 눈이 마주쳤다.

"라비?"

물어보자 당황한 듯 어색하게 웃었다.

"발자크에 도착하는 거, 기대돼……. 내가 같이 살 사람…… 아빠의 친구라면 분명 좋은 사람이겠지……."

"그…… 그래, 물론이지!"

"있지, 나 발자크에서 지내게 되면 친구를 잔뜩 사귈 거야. 스킬 공부도 열심히 할 거야."

"라비……."

"그러니까 아빠, 걱정하지 마……."

울 것 같은 얼굴로 미소 짓는 라비를 보고 있자니 가슴이 답답해서 숨조차 제대로 쉴 수 없게 됐다.

엄습하는 감정을 삼키고 나도 억지로 웃었다.

"라비라면 분명 친구가 잔뜩 생길 거야."

"……그럴까?"

“그래. 너는 세상에서 가장 착한 아이니까. 내가 보증해.”

어린아이에게 장기 여행은 적합하지 않다.

어서 편히 지낼 수 있는 집을 제공해 주고 싶다고 줄곧 생각했다.

안심하고 지낼 수 있는 마을에서 또래 아이들과 함께 생활하는 것이 당연히 가장 좋다.

내가 가르쳐 줄 수 없는 것도 많이 배울 수 있을 것이다.

애초에 나는 떠돌이 생활 중인 37세 아저씨다.

게다가 아이를 키우는 방법도 모른다.

심지어 여자아이의 마음은 전혀 짐작도 가지 않는다.

그런 열등감이 내 마음을 약하게 했다.

하지만 가시지 않는 위화감이 하나 있었다.

암살자.

그에 관해서는 아직 해결되지 않았다.

다시 암살자가 라비를 노릴 가능성이 있는데 라비가 누군가에게 신세 지려고 할까?

아니. 라비의 성격을 생각하면 있을 수 없는 이야기다.

라비는 무척 다정한 아이다.

타인을 끌어들여서 다치게 하는 것은 확실하게 두려워한다.

어쩌면 라비는—.

내 안에 의심이 하나 피어났다.

“라비, 미안하지만 너와 한 약속을 깰게. 꼭 확인해 두고 싶은 일이 있어.”

라비는 의아한 얼굴로 눈을 깜박이고서 고개를 끄덕였다.

"아마 네가 무서워할 이야기일 거야. 미안해."

거기까지 말은 했지만 좀처럼 다음 말이 이어지지 않았다.

라비는 나를 올려다본 채 작은 목소리로 물었다.

"밀턴에서 습격했던 사람에 관해……?"

"윽……. 마, 맞아."

"괜찮아……. 대답할 수…… 있으니까……."

라비는 마음을 진정시키듯 깊이 숨을 들이쉬었다.

"……아빠, 손, 잡아도 돼……?"

라비가 그렇게 말하고 내게 작은 손을 내밀었다.

나는 황급히 그 손을 맞잡았다.

"라비, 그 암살자는 앞으로도 너를 습격할 것 같아?"

"……!"

라비의 얼굴에서 핏기가 싹 가셨다.

맞잡은 손을 통해 라비의 공포가 전해졌다.

새파래진 라비는 미미하게 고개를 끄덕였다.

겁먹은 눈동자가 떨리고 있었다.

"역시 그런가……."

"미…… 미안해, 아빠. ……제대로 얘기 안 해서."

"라비, 사과하지 않아도 돼."

"이, 있지…… 하지만 발자크에 있는 아빠의 친구한테는 폐 끼치지 않을 거야……!"

"라비……."

나는 마음속에 피어난 의심이 더욱 확고해지는 것을 느꼈다.

"라비, 내가 널 발자크에 맡기면 모습을 감출 생각이었지?"

"아…… 그, 그건……."

라비가 어색하게 시선을 피했다.

역시 그랬나…….

지금도 이렇게나 무서워하는데, 주변 사람들이 휘말리지 않게 혼자서 전부 짊어지려고 했나…….

가슴속 깊은 곳에서 자연스럽게 솟구치는 마음이 있었다.

이 아이를 지키고 싶다.

다른 누군가에게 맡기는 것이 아니라.

서툴게 실패를 되풀이하게 되더라도.

내가 이 손으로 라비를 행복하게 만들어 주고 싶다.

"라비, 역시 가장 하고 싶은 말을 전하고 싶어. ―부디 나와 진짜 가족이 되어 줬으면 해."

"……!"

"발자크에 도착하면 다른 사람에게 널 맡기기로 했었지. 하지만 철회하겠어. 다른 사람에게 맡길 수 없어. 내가 너를 행복하게 만들어 주고 싶어."

라비의 커다란 눈이 크게 뜨였다.

"나는 아이를 어떻게 키우는지 몰라. 네 마음을 헤아리지 못하고 곤란하게 만들 때도 많을 거야. 그래도 너와 헤어지고 싶지 않아."

"아……. 하, 하지만…… 나랑 같이 있으면 아빠한테 폐를 끼치게 돼……."

라비의 두 눈이 글썽거렸다.

당장에라도 눈물이 흘러넘칠 것 같았다.

"내가 어떤지는 됐어. 라비가 어쩌고 싶은지 말해 줘."

"……나, 나는……."

"나랑 가족이 되는 건 싫어?"

"아니야…… 싫지 않아. 하지만, 안 돼……."

라비는 충동적으로 꺼내 버린 말에 주춤하고서 급히 고개를 가로저었다.

"무서운 사람들이 분명 또 나한테 올 테니까……."

나는 라비의 어깨를 잡고 분명하게 말했다.

"그게 어쨌는데. 지켜 줄게!"

"……!"

라비의 두 눈에서 참지 못한 눈물이 흘러넘쳤다.

"나, 나는……! 쭉 아빠랑 같이 있고 싶어……!"

드물게도 라비가 소리쳤다.

얼굴을 엉망으로 일그러뜨리고서 내게 안겼다.

나는 두 손을 뻗어, 부딪쳐 온 자그마한 덩어리를 받았다.

라비가 같이 있고 싶다고 말해 줬다.

내게는 그것만으로도 충분했다.

쓸데없는 망설임 따위 전부 사라졌다.

"어떤 적이 나타나도 내가 반드시 널 지킬게. 걱정하지 마. 아무것도 무섭지 않아. 반드시 세상에서 가장 행복하게 해 줄게."

"아빠……!"

나는 라비를 단단히 껴안았다.

이 아이는 평생에 걸쳐 지켜야 할 내 딸이다.

이리하여 우리는 진짜 가족이 되었다.

5화 아저씨와 소녀, 애 딸린 최강 모험가 마침내 귀환하다

Enjoy new life
With my daughter

이튿날. 발자크에 도착하자마자 엄청난 사태가 벌어졌다.

"더글러스?! 더글러스잖아!!"

"뭐?! 말도 안 돼?! 돌아온 거야?!"

"더글러스 포드가 돌아왔어!!"

갑자기 난리가 나며 사람들이 일제히 모여들었다.

흠칫 놀라서 라비와 마주 보았다.

이건 뭐지. 대체 어떻게 된 거야.

순식간에 인파에 둘러싸였다.

라비가 사람들에게 치이지 않도록 황급히 안아 들었다.

"이 사람이 마흑룡을 쓰러뜨린 그 더글러스 포드?!"

"밀턴에서 양아치 귀족을 격퇴했다지?!"

"아, 나 기억해?! 술집에서 옆자리에 한 번 앉았던 당신 절친이야!"

"설마 이 도시에서 용사에 버금가는 유명인이 나올 줄이야!"

기억이 나는 것부터 안 나는 것까지, 사람들이 흥분한 모습으로 말을 걸어왔다.

이 소동은 뭐지.

몇 달 전에 내가 이 도시를 떠났을 때는 상상도 못 했을 만큼 열

광적이었다.

혼란스러워하고 있으니 인파를 헤치고 젊은 남자가 눈앞으로 왔다.

"『애 딸린 최강 모험가 더글러스 포드!』 우리 기사의 제목을 본 감상을 말씀해 주시죠!"

우리 기사?

무슨 말인지 이해하지 못하고 고개를 갸웃했다. 젊은 남자는 거칠게 수첩을 펼치며 내 옆에 찰싹 달라붙었다. 번뜩이는 눈이 마치 뱀 같았다.

"당신은 대체―."

"저는 북새통 마법 인쇄 상회 출판부의 기자입니다. 어떠십니까, 더글러스 씨! 우리 기사 덕분에 당신도 완전히 화제의 인물입니다!"

"아니, 나는 그래서 곤란한데……."

"내일 『서민지구 신문』의 1면 기사는 이겁니다! 『애 딸린 최강 모험가 더글러스의 귀환!!』 어떻습니까?! 또 날개 돋친 듯이 신문이 팔리겠죠."

나는 가슴이 철렁했다.

가뜩이나 엄청난 상황인데. 그렇게 생각하고 있으니 이번에는 주위 사람들이 말을 걸어왔다.

"그보다도 더글러스 씨! 사인해 줘! 우리 아들이 당신 팬이야!"

사, 사인이라고……?!

"나도 사인 받고 싶어!!"

"모험담을 들려줘!"

"이 아이가 『애 딸린』의 유래가 된 라비?!"

"귀엽다!"

"이렇게 예쁜 금발은 흔치 않아!"

낯가림이 심한 라비가 겁먹고 내게 달라붙었다.

밀턴 때와는 비교도 안 될 만큼 큰 소동이 벌어지고 말았다.

소란을 듣고 헌병대까지 달려왔다.

"이봐, 너희들! 무슨 소란을 피우고 있는 거야!"

"시끄러워! 더글러스가 돌아왔다고!!"

"뭐라고?!"

헌병대까지 내게 악수를 요청할 줄은 몰랐다.

놀라운 일은 그뿐만이 아니었다.

정신 차리고 보니 도시의 문 근처에 있는 가게에서 『더글러스 쿠키』, 『더글러스 캔디』 같은 알 수 없는 기념품을 팔고 있었다.

쿠키는 내 얼굴을 본뜬 모양이라 절망적인 기분이 들었다.

"아빠 얼굴 모양 쿠키…… 귀여워……."

라비가 갖고 싶다는 듯 말해서 「저건 안 돼……!」 하고 황급히 말렸다.

그나저나…….

"……."

나는 주위를 둘러보고 성대하게 한숨을 쉬었다.

엄청난 사태가 벌어졌다는 것만큼은 이해할 수 있었다.

어쩔 수 없이 나는 라비를 안은 채 골목으로 도망쳤다.

오랫동안 발자크에서 생활했기에 미궁 같은 뒷골목 길도 전부 머릿속에 들어 있었다.

한참 달려서 어떻게든 주민들을 따돌렸다.

하지만 다시 큰길로 나가면 똑같은 상황이 벌어질 것이다.

"설마 이런 소동이 벌어질 줄이야……."

발자크 사람들도 희한한 마음에 야단법석인 거겠지만…….

아니, 그렇지 않으면 정말로 곤란하다.

어쨌든 시간이 지나면 사람들도 진정되기를 바랄 뿐이다.

문제는 그때까지 어떻게 지낼지 이다.

흥분이 식을 때까지 여관에 얌전히 있을까.

하지만 밥 먹을 때는 북적이는 식당에 내려가야 한다.

애초에 라비를 가둬 두는 것은 가엾다.

"나라는 걸 눈치채지 못하게 변장이라도 할까."

떠오른 생각을 그대로 말하자 라비가 눈을 동그랗게 떴다.

"아빠, 변장할 거야?"

어린아이는 이런 걸 좋아한다.

아니나 다를까 라비도 신난 얼굴로 눈을 빛냈다.

그 모습을 본 순간, 내 발상이 최고의 아이디어처럼 여겨졌다.

"그래, 당장 재료를 모으자."

라비가 기뻐할 만한 변장을 해야지.

모습도 감출 수 있으니 일석이조다.

발자크의 상업지구는 도시의 남쪽에 펼쳐져 있었다.

나는 라비의 손을 이끌고 서둘러 그 구역으로 향했다.

일단 코트의 후드를 쓰고 고개를 숙인 채 걸었지만 별로 효과는 없었다.

변함없이 한가한 사람들이 우르르 몰려들었다.

개중에는 계속 쫓아오는 사람도 있었다.

진짜 미치겠네…….

일단 발을 멈추고 그만 쫓아오라고 말해 보았다.

하지만 오히려 역효과만 불러서 순식간에 둘러싸이고 말았다.

"더글러스 씨! 우리 가게에서 식사하지 않을래? 아주 싸게 대접해 줄게. 당신이 다녀간 가게라고 선전하고 싶어."

"그럴 거면 우리 가게로 와. 밥값 안 내도 돼! 당신이라면 아이 동반이어도 괜찮아."

이것 참.

한숨을 쉬며 방금 말을 건 두 사람의 얼굴을 보았다.

둘 다 아는 얼굴이었다.

맛에 대한 평판은 좋지만 가격도 그에 상응해서 나는 한 번도 가 본 적이 없는 가게의 사람이었다.

요컨대 고상한 손님을 상대하는 가게였다.

젊고 돈이 있을 적에도 그런 가게에는 잘 들어가지 못했다.

"미안하지만 사양하지."

곧장 두 사람의 어깨가 축 처졌다.

"자, 라비. 가자."

나는 라비와 손을 고쳐 잡고 다시 걷기 시작했다.

다양한 권유는 친숙한 잡화점에 도착할 때까지 계속됐다.

발자크를 떠났던 그 날과는 모든 것이 너무나도 달랐다.

내 내면은 전혀 달라지지 않았는데, 세계는 일변했다.

—딸랑딸랑.

어느 잡화점 문에나 다 달린 도어벨을 울리며 가게에 들어갔다.

쫓아온 사람들도 역시 가게 안까지 들어오지는 않았다.

"어서 오세요…… 앗, 더글러스 씨?!"

안쪽에서 나온 점원, 로라가 깜짝 놀라 외쳤다.

놀라서 펄쩍 뛴 탓에 코에 걸친 두꺼운 동글이 안경이 흘러내렸다.

로라는 아직 스물한 살인가 스물두 살이지만, 이 잡화점의 주인인 고모로부터 가게 일을 맡고 있었다.

싹싹한 로라는 나 같은 가난한 모험가에게 싼값으로 아이템을 제공해 주는 상냥한 아가씨였다.

발자크에는 여러 잡화점이 있지만 나는 3년 전부터 줄곧 이 가게를 이용했다.

"아~ 세상에! 진짜 오랜만이야!! 건강해 보여서 안심했어……!!"

곱슬곱슬한 빨간 포니테일을 흔들며 로라가 달려왔다. 로라는 흥분한 모습으로 내 손을 잡더니 그대로 붕붕 흔들었다.

"이런저런 소문은 들었지만, 여행은 어땠어? ……응?"

쉴 새 없이 말을 쏟아 내던 로라가 평소처럼 내 뒤에 숨은 라비를 보았다.

"이 아이가 바로 그!!"

내가 아이를 데리고 있다는 이야기는 로라도 들은 모양이었다.

"귀여운 여자아이네! 이 아이는 더글러스 씨의 새로운 동료야? 이름은?"

"라비라고 해. 내 딸이야."

내 딸. 그렇게 말한 순간, 간질간질한 기분이 들었다.

뭔가 굉장히 기뻐서 기분을 다잡지 않으면 멋대로 입이 헤벌쭉 벌어질 것 같았다.

이전에도 라비를 딸이라고 소개한 적은 있었다. 하지만 그때와는 전혀 달랐다.

나와 라비는 진짜 가족이 됐다.

그 사실이 내게 뭐라 말할 수 없는 기쁨을 줬다. 따뜻하게 감싸는 듯한 행복이 가슴을 가득 채웠다.

내 뒤에서 얼굴을 내민 라비도 똑같은 기분일지도 모른다.

기쁘게 나를 올려다보며 안심한 얼굴로 웃었다.

정말로 귀엽다. 세상에서 제일 귀엽다. 마음을 주체하지 못하고 끌어안아 버렸다.

라비는 작은 목소리로 까르르 웃으며 내게 달라붙었다.

로라는 그런 우리를 보고 밝게 웃었다.

"뭔가 이런저런 일이 있었던 모양이지만, 어쨌든 행복해 보여서 다행이야!"

"그래. 아주 행복해. 인생 최대의 기쁨을 맛보고 있어."

"왜 지금을 정점으로 삼는 거야! 앞으로 더 행복해질 거라고 해야지."

로라가 내 팔을 퍽퍽 때렸다. 의외로 힘이 셌다.

나는 쓰게 웃고서 고개를 끄덕였다.

"아무튼 오늘은 뭘 사러 왔어?"

"아아, 실은—."

나는 사정을 설명하고 변장에 쓸 만한 물건을 달라고 했다.

"그렇구나……. 아무튼 쓸 만해 보이는 걸 카운터에 모아 볼게!"

"미안. 부탁해."

그 후 로라가 모아 온 도구를 이것저것 시험하게 되었다.

"아빠, 수염……!"

"라비, 좋은 선택이야! 덥수룩한 흰 수염이라니, 변장에 최고지!"

"아빠, 꼬불꼬불한 머리카락도 있어……!"

"라비, 나이스! 이 강렬한 가발을 쓰면 음악가로밖에 안 보일 거야!"

가발, 가짜 수염, 모자, 지팡이—.

라비와 로라가 내미는 변장 도구를 전부 착용한 결과…….

"이건 좀 아니지 않아……?"

로라가 준비한 거울에 비친 모습은 꼬불꼬불한 금발에 흰 수염을 기르고, 실크해트를 쓰고, 지팡이를 짚은 노신사였다.

곤혹스러워하며 두 사람을 돌아보니—.

"아빠가 아니야……."

"굉장해! 완전히 괴짜 음악가 할아버지로 보여!"

라비는 겁먹은 표정을 지었고 로라는 히죽히죽 웃었다.

이 변장이라면 들키지는 않겠지만, 과연 이 모습으로 남들 앞에 나가도 되는 걸까…….

6화 아저씨와 소녀, 발자크의 모험가 길드에 가다

Enjoy new life
With my daughter

"그런데 로라, 용사 앨런 일행이 지금 어디 있는지 알아?"

"어? ……앨런을 보고 싶어?"

로라의 표정이 살짝 흐려졌다.

"아! 아니야. 파티에 돌아가고 싶어서 접촉을 꾀하려는 건 아니야."

내가 황급히 덧붙이자 로라는 눈을 동그랗게 뜨더니 밝은 목소리로 웃었다.

"그런 생각 안 했어! 더글러스 씨, 도시를 떠났을 때와는 달리 후련한 얼굴을 하고 있는걸. 용사 일행에 관해서는 이미 털어낸 거지?"

"그렇지. 그쪽은 말이야……."

애매하게 대답했다.

파티에 돌아가고 싶다는 소망은 그 무렵에도 품고 있지 않았다.

그 점에 관해서는 미련이 전혀 없었다.

문제는 앨런이 내게 걸었을 저주였다.

줄곧 생각하기를 미뤘다.

그래서 아직 마음이 정리되지 않은 상태였다.

"으음~ 아쉽지만 엇갈렸어. 며칠 전까지는 발자크에 있었으니까! 하지만 모습이 안 보이게 됐어."

"마왕을 퇴치하러 간 건가?"

"그럴 가능성은 적어. 아직 길드에서 마왕 토벌 의뢰를 수주하지 않았다는 것 같아."

길드에서 의뢰를 받지 않고 마왕을 퇴치하러 가지는 않는다.

"막판에 도망친 거 아니냐고 온 도시에 소문이 났어. 나로서는 나가 줘서 속이 시원하지만!"

"속이 시원하다고……? 무슨 뜻이야?"

"여러 가지로 난리도 아니었거든."

로라는 어깨를 으쓱이고 한숨을 쉬었다.

"더글러스 씨가 도시를 떠나고 얼마 뒤부터였나. 용사 파티의 다리오가 어느 가게에서나 과하게 값을 깎고. 외상을 달기 시작하고. 진상 손님이 돼서. 상인들은 다들 되게 애먹었어."

"놀라운데. 그 녀석, 돈이 궁했던 거야?"

용사 파티가 받는 의뢰의 보수는 전부 고액일 터다.

원래대로라면 그런 사태에 빠질 리가 없다.

"요새 의뢰를 받아도 계속 실패했거든. 그 사람들이 쓰는 소비 아이템은 전부 값이 꽤 나가잖아? 그래서 매번 엄청나게 손해를 봤던 모양이야."

"……왜 실패하게 됐는데?"

"이유 중 하나는 동료 간의 불화겠지. 그 파티는 붕괴 직전이었어."

"뭐라고?!"

다들 마왕을 쓰러뜨린다는 목표를 위해 단결했었을 텐데…….

"특공 검사 다리오가 원인이야. 그 녀석이 리더라도 된 양 멋대로 말하고, 공격 특화형 파티로 바꾸라고 억지를 부렸어."

용사 앨런의 파티는 전사 앨런, 현자 에드먼드, 특공 검사 다리오, 회복마법사 패니로 편성되어 있었다.

내가 있을 적에는 전사와 특공 검사, 그리고 내가 공격계 직업이었다.

현자와 회복마법사는 후위에서 수호를 맡았다.

통상적으로 파티는 3~5인으로 구성된다.

너무 인원수가 많으면 보수 분배가 수지에 맞지 않게 되기에 암묵적인 룰로 그렇게 정해져 있었다.

내가 빠지고 공격계가 둘이 됐다고 해서 밸런스가 나쁜 편성이라고는 할 수 없었다.

"공격 특화형으로 만들고 싶다는 건 공격계를 늘리자고 제안한 건가."

"그보다도 에드먼드와 패니를 빼라고 앨런에게 말했다는 것 같아. 특히 패니는 회복 전문이라 공격 보조조차 못 하니까."

확실히 다리오에게 그런 불평을 자주 들었었다.

나는 그럴 때마다 다리오에게 했던 말을 자연스럽게 꺼냈다.

"그런 자들도 파티에는 필요해."

"더글러스 씨 말이 맞아. 하지만 결국 술집에서 술김에 패니보고 짐짝이라고 소리쳤고. 앨런이 참다 참다 폭발해서 다리오는 그 자리에서 모가지!"

앨런이 화내다니 엄청난 일이다.

얼마나 아수라장이었던 걸까.

"……근데 로라, 되게 자세히 아네."

"나뿐만 아니라 발자크 사람이라면 누구나 아는 얘기야. 해고되기 싫다면서 난리 친 다리오가 앨런에게 덤벼들어서 대난투가 벌어졌거든."

"대, 대난투."

"다리오도 더글러스 씨를 옳다구나 쫓아냈었잖아! 그런데 자기가 잘리니까 화가 나서 생난리를 치고. 더글러스 씨는 파티의 선택을 조용히 받아들였고, 떠날 때도 한 명, 한 명, 고맙다는 말까지 했었는데. 천양지차야!!"

"내, 내가 어땠는지는 됐어. 그보다도 왜 그런 관계가 돼 버린 거야?"

내가 곤혹스러워하며 묻자 로라는 눈썹을 내리고 어깨를 으쓱였다.

"파티에는 완충제가 되어 줄 온화한 사람이 꼭 필요해. 그런 소중한 존재를 쫓아냈잖아. 처음에는 괜찮아도 점점 파티가 제대로 안 돌아가게 되는 건 당연한 수순이야."

"온화한 사람을 쫓아냈다니……."

"그래, 맞아. 더글러스 씨를 쫓아내서 앨런의 파티는 점점 붕괴된 거야."

로라는 허리에 손을 얹고 콧방귀를 흥 뀌었다.

"확실히 말해서 나는 꼴좋다고 생각해. 그 녀석들, 더글러스 씨에게 너무했잖아. 은혜를 원수로 갚았어!"

"그 사람들, 아빠를 괴롭혔어……?"

지금껏 가만히 이야기를 듣고 있던 라비까지 뾰로통한 얼굴이 되었다.

나는 쓰게 웃으며 라비의 머리를 쓰다듬었다.

나를 위해 화내 주는 사람이 둘이나 있다.

무척 행복한 일이었다.

"아까 여러 가지 일이 있었다고 했지? 다리오 말고도 뭔가 또 있었던 거야?"

"응, 맞아. 동료 간의 불화 외에도 문제를 산더미처럼 안고 있었던 것 같아. 앨런과 관련된 일인 것 같지만."

"앨런……?"

"그에 관해서는 소문이 워낙 많아서 뭐가 진실인지 모르겠어. 병에 걸렸다든가, 마음이 병들었다든가. 아주 약해졌다든가. 확실히 안색이 나쁘고 눈도 퀭했고, 확연하게 이상했어."

"……."

"그런 상태였기에 길드 쪽에서 마왕 토벌을 연기하자고 한 거야. 그래서 출발이 질질 늦어졌어."

"그 후 행방이 묘연해진 건가."

"맞아. 길드 직원이라면 뭔가 사정을 알지도 몰라. 불화 소문은 아무렇지도 않게 방치하면서 앨런 문제에 관해서는 필사적으로 숨기려 드는 느낌이었어."

"흐음."

고작 며칠 차이라면, 서두르면 따라잡을 수 있을지도 모른다.

다만 앨런에 관한 불온한 소문이 마음에 걸렸다.

조금 더 정보를 모으고 싶었다.

나는 로라에게 고맙다고 인사한 뒤, 라비를 데리고 발자크의 모험가 길드로 향했다.

◇◇◇

모험가 길드 건물을 올려다보고 숨을 꼴깍 삼켰다.

이곳을 찾아오는 건 몇 달 만인가…….

모험가 라이센스를 박탈당했던 그 날의 괴로운 기억이 되살아났다.

하지만 주눅 들어 있어 봤자 별수 없었다.

나는 크게 심호흡을 한 번 하고서 라비를 데리고 문을 지났다.

간이 접수처에 앉은 캐트시에게서 시선을 떼지 못하는 라비의 손을 이끌고 창구로 향했다.

길드 안에는 모험가가 넘쳐 났다.

내가 있을 적에도 이용자는 많았지만 그때보다 두 배 이상 혼잡했다.

나는 번호표를 받고 라비와 함께 벤치에 앉아 순서가 오기를 기다렸다.

그로부터 얼마 후—.

"127번 손님~ 이쪽 창구로 오세요~."

마침내 내 차례가 됐다.

"자, 라비, 가자."

"응."

창구에서 내 번호를 부른 사람은 라이센스를 박탈당했던 날에 담당해 줬던 젊은 직원이었다. 젊은 직원은 나를 보자마자 흠칫 놀란 표정을 지었다.

변장한 내 모습을 그의 눈이 위아래로 훑어보았다.

이상한 꼴을 한 이 아저씨는 뭐냐고 생각했겠지.

나 자신도 그렇게 느끼니까…….

그래도 일단 그는 살갑게 웃으며 대응해 줬다.

나와 그의 눈이 확실하게 마주쳤다.

"으음, 의뢰를 발주하러 오셨나요?"

그는 내가 더글러스 포드임을 전혀 눈치채지 못했다.

이 터무니없는 변장, 겉모습은 유감스럽지만 효과는 굉장했다.

"아니, 조금 묻고 싶은 게 있어서 왔어."

나는 쓰게 웃으며 변장을 풀었다.

가짜 수염을 떼고, 실크해트를 벗고, 꼬불꼬불한 금발을 벗었다.

마주 앉은 남자의 눈이 경악하여 휘둥그레졌다.

"당신은……!! 더글러스 씨……?!"

흥분한 직원의 목소리를 듣고 주위에 있던 모험가들이 일제히 나를 보았다.

"더글러스?!"

"굉장해! 이 길드 출신이란 게 사실이었구나!"

"저 사람이 전설의 모험가인가!!"

또 순식간에 시끄러워졌다.

큰일이다.

이야기를 진행하기 위해서였지만 이렇게 많은 사람 앞에서 변장을 푼 건 실수였나.

주목받는 데 익숙하지 않아서 무심코 행동하고 말았다.

"길드에 돌아와 주셨군요……!! 저희는 더글러스 씨를 줄곧 기다리고 있었습니다!!"

카운터에서 뛰쳐나온 직원이 내게 악수를 청했다.

친밀한 행동에 내가 당황하자 억지로 손을 잡고 붕붕 흔들었다.

"각지에서 대활약한 소문은 전부 들었습니다! 이야~ 굉장해요! 라이센스 박탈은 물론 철회입니다. 꼭 우리 길드로 돌아오셔서 명예 모험가로 재적해 주세요!"

"이, 이봐. 좀 진정해."

"이런 상황에 어떻게 진정할 수 있겠어요. 여기저기서 우리 길드를 마구 욕했다고요! 그런 대단한 모험가를 추방했다면서!! 애딩턴 길드 쪽에서도 이것저것 말했고요."

흥분한 직원이 쉴 새 없이 떠들었다.

"더글러스 씨라면 보수는 통상의 두 배…… 아니, 세 배로 해도 좋다고 길드 마스터도 말씀하셨어요!!"

그 말을 듣고 주위에 있던 모험가들이 술렁거렸다.

"그런 파격적인 대우는 처음 들었어!"

"더글러스잖아. 그 정도 대우를 해도 길드는 충분히 이익을 낼 수 있겠지!"

"어떻습니까?! 더글러스 씨도 기쁘시죠?! 그날, 라이센스를 박탈하지 말아 달라고, 기회를 달라고 그렇게나 말씀하셨었잖아요!!"

그랬지.

그러고 보니 그렇게 말한 적도 있었다.

하지만…….

"다시 우리 길드 소속 모험가로 활약해 주세요!"

"미안하지만 거절하지."

"예?!"

"보다시피 나는 아이 키우느라 바빠. 다른 사람을 찾아."

직원이 입을 쩍 벌렸다.

"아이, 요……?"

"우리 예쁜 딸이야. 귀엽지?"

"아빠……."

라비가 수줍게 웃었다.

지금 내가 무엇보다 소중히 여기고 싶은 것은 라비의 미소뿐이었다.

모험가 라이센스에도 발자크 길드에도 이제 미련은 전혀 없었다.

그렇게 생각하며 나는 상쾌한 기분으로 고개를 들 수 있었다.

7화 아저씨, 길드 마스터가 매달렸지만……

창구에서 절차를 밟던 자들과 대기실에 있던 모험가들이 우리 주위에 모여들었다.

카운터 안쪽에서 작업 중이던 직원들도 일을 멈추고 이야기에 끼어들었다.

"뭐야, 딘. 『더글러스 포드 씨와는 친했다, 친구나 다름없었다』라고 실컷 떠들어 대더니."

"친구는 고사하고 전혀 상대해 주지 않잖아. 그거 거짓말이었구나. 실망이야."

"그, 그건……."

나와 이야기하던 직원을 다른 사람들이 딘이라고 불렀다.

면식은 있었지만, 그러고 보니 나는 그의 이름조차 몰랐었다.

"뭐, 나는 처음부터 의심했었어. 딘은 평소에도 까불거리잖아. 그런 태도로 모험가에게 신뢰받을 리가 없지."

"……윽."

딘이 뻣뻣한 얼굴로 동료들을 둘러보았다.

"아니, 정말로 친했어! 그렇죠?! 더글러스 씨, 저희 친구 같은 사이였죠?!"

절박한 딘의 모습에 나는 당황했다.

딘과는 길드에서만 만나던 사이였다.

그걸 친구라고 하는 건 조금 무리가 있지 않을까?

주위 사람들이 딘에게 미심쩍다는 눈길을 보냈다.

딘은 궁지에 몰린 표정이 되어 변명하듯 빠르게 말을 쏟아 냈다.

"더글러스 씨가 우리 길드에서 살렸을 때도 저는 속으로 오열했다고요!! 그렇지? 캐트시! 너도 봤지?!"

"짐짝 취급했다냥."

"윽."

"라이센스가 박탈됐다는 것도 제대로 설명 안 했다냥. 그 탓에 길드에 오고 나서야 처음으로 그 사실을 안 아저씨는 어쩔 줄을 몰랐고, 젊은이들에게 무시당했다냥."

그 말을 듣고 주위에 있던 사람들이 웅성거리기 시작했다.

"아!! 나 그 자리에 있었어! 그때 그 사람이 더글러스 씨였나……. 딘 녀석, 지금과는 태도가 전혀 달랐어. 그때는 완전히 깔봤었어!"

"너무해……. 더글러스 씨가 불쌍해……."

"그, 그건…… 그건 그러니까, 그게……."

모두가 비난하자 딘이 울 것 같은 표정을 지었다.

"다들 기다려. 그때 나는 의뢰를 계속 실패했었고, 길드의 짐짝이었던 건 사실이라……."

내가 말리려고 한 그때―.

"딘, 웬 소란이지?"

소란을 들었는지 길드 마스터가 안쪽 방에서 나왔다.

모험가 라이센스를 박탈당했던 날과 똑같은 흐름이었다.

길드 마스터는 내 모습을 보자마자 숨을 헉 삼켰다.

잠시 못 본 사이에 길드 마스터는 상당히 야위었고 얼굴이 초췌했다.

"더글러스 씨……!"

"아! 마침 잘 오셨어요, 길드 마스터. 더글러스 씨가 오셔서—."

"그런 건 보면 알아. 바로 나를 불렀어야지!"

길드 마스터가 일갈하자 딘은 어색하게 입을 다물었다.

"자, 더글러스 씨. 이쪽으로 오시죠. 너희는 뭘 농땡이 치고 있어. 똑바로 일해."

길드 마스터는 직원들을 꾸짖고서 나와 라비를 안쪽 방으로 안내했다.

그곳은 길드 마스터 전용 집무실이었다.

"오랜만이지? 네가 이 길드에서 활약했을 적에는 자주 이 방에 들였더랬지."

"그러고 보니 그런 적도 있었지."

뭔가 특별한 퀘스트를 의뢰하고 싶을 때, 길드 마스터는 이 방으로 모험가를 불렀다.

라비는 긴장해서 주위를 슬그머니 살피고 있었다.

실내에 들어온 순간, 나는 기억과 다른 방의 모습에 놀랐다.

난잡하게 놓인 상자와 챙기다 만 자료.

정리 도중인 듯한 물건이 실내에 흩어져 있었다.

이건…….

내 시선을 알아차린 길드 마스터는 그것을 차단하듯 황급히 내 앞에 섰다.

"나는 다른 길드로 이동하게 됐어. 서턴의 길드로 말이야. 알려나?"

"그래. 이름은 들어 봤어……."

"이름뿐인가. 뭐, 그나마 나은 편이지. 우리 직원들은 서턴이란 이름을 들어 보지도 못했을 테니까……."

서턴은 왕국의 동남쪽에 있는 작은 마을이다.

이렇다 할 특징이 없는 시골 마을로, 규모는 발자크와 비교도 되지 않았다.

좌천이라는 것은 말할 필요가 없었다.

"애딩턴의 길드 마스터가 모험가 길드 본부에 연락했거든. 우리 길드가 착오를 범해서 최강의 모험가로부터 라이센스를 박탈했을 가능성이 있다고 말이야. 비슷한 무렵에 신문을 통해 네 활약이 퍼지기 시작했어."

나는 뭐라 말할 수 없는 기분으로 길드 마스터를 마주 봤다.

"그 후 바로 사문위원회에서 조사원이 파견됐어. 네가 라이센스를 박탈당했을 당시에 어떤 병을 앓고 있었다는 부분은 고려되었지만, 우리 길드의 판단은 적절하지 못했다고 결론이 내려졌어. 길드 포인트를 지키려고 몸을 사린 결과, 공로자이기도 했던 너를 빈털터리로 쫓아냈으니까……."

"……."

"아아, 하지만 오해하지 마. 내 판단이 잘못됐었다는 건 인정해. 너 같은 사람을 길드에서 내쫓았잖아. 길드 마스터로서 책임을 져야 하는 건 당연해. ……하지만 만약 여기서 만회하면 나는……."

건넬 말이 없었다.

내가 입을 다물고 있자 길드 마스터는 힘없이 웃고 소파를 가리켰다.

"내 사정은 넘어가지. 그보다도 뭔가 할 얘기가 있어서 온 거지?"

"맞아……. 용사 일행에 관한 소문을 들어서, 길드 마스터라면 자세히 알 것 같아서 왔어."

"앨런에 관해 알고 싶어?"

"그래."

"……앨런이 품은 문제는 극비 정보 취급이었지만……. 너한테는 진실을 말하는 편이 좋겠지. —앨런은 예전의 그가 아니야. 명백하게 정신이 병들었어."

로라에게 들은 대로였다.

"동료들과 불화가 생겼기 때문에? 아니면 의뢰를 계속 실패해서?"

"모르겠지만 늘 뭔가를 두려워했어. 제대로 대화가 이루어지지 않을 때조차 있었을 정도야. 하지만 뭘 두려워하는지는 절대 말하려 들지 않았어. 다만 혓소리처럼 『녀석이 올 거야……』라고 중얼거리는 소리를 들은 적은 있어."

"녀석……? 마왕인가?"

"마왕군은 동쪽 대륙을 제압한 이후로 별 움직임이 없어. 갑자기 진군해 오지는 않을 거야."

용사가 두려워할 정도의 실력자.

마왕 외에 그런 상대가 있을까?

하지만 길드 마스터의 말대로 마왕의 움직임은 현재 둔하다.

그렇다면 앨런은 대체 무엇을 두려워하고 있는 걸까.

"관계있을지는 모르겠지만, 앨런은 확연하게 힘도 약해져 있었어. 지금 앨런에게 마왕 토벌은 불가능해. 그래서 도망쳤겠지."

"정말로 도망친 건가?"

"갑자기 모습을 감췄어. 도망친 게 아니면 뭐겠어."

"그런가……."

"사라진 사람보다도 돌아온 영웅에 관해 이야기하지. 더글러스 씨."

"뭐……?"

"이렇게 부탁할게. 우리 길드가 저지른 실수는 정말로 미안하게 생각해. 하지만 알면서도 부탁하고 싶어. 다시 한 번 발자크 길드 소속의 모험가가 돼 줘! 포인트도 바로 되찾을 수 있도록 SS랭크 의뢰를 너한테 돌릴 테니까!"

길드 마스터가 고개를 깊이 숙였다. 숱이 줄어든 그 정수리를 보며 나는 난처해졌다.

길드 마스터가 필사적으로 고개를 숙이는 이유는 간단히 상상이 갔다.

"설령 내가 길드로 돌아와서 SS랭크 의뢰를 소화하더라도 네 이동이 취소될지는 알 수 없잖아."

"……나는 시골로 이동하고 싶지 않아. 더글러스, 부탁할게. 옛정을 생각해서 도와줘……."

길드 마스터가 불쌍한 표정을 짓고 내 팔에 매달렸다.

그래도 나는 고개를 가로저었다.

"미안해, 길드 마스터. 네 부탁은 들어줄 수 없어."

"……길드에서 쫓아낸 걸 원망하고 있어서?"

"아니, 틀렸어. 지금 나는 아주 행복해. 그래서 전혀 원망하고 있지 않아. 나는 그저 딸과 둘이서 느긋이 지내고 싶어. 일선에서 활약하는 모험가로 돌아갈 마음은 없어."

"그딴 이유로 길드에 돌아오지 않겠다고……?!"

"그래, 맞아."

남들이 보기에는 「그딴 이유」일 것이다.

하지만 내게는 만사 제쳐 놓더라도 지키고 싶은 소중한 나날이었다.

"바보 같은 소리 하지 마! 아, 그래! 딸에게 멋진 모습을 보여 주고 싶지 않아?!"

"우리 딸을 구실 삼지 마."

"힉…… 노, 노려볼 건 없잖아……!"

나는 욱한 채로 소파에 등을 기댔다.

"잘 들어, 더글러스. 너는 다시 영웅이 됐어. 패배자였던 너는 이제 없어. 지금은 온 나라가 네게 기대하고 있어. 그 기대를 배신하는 건 죄야!"

"……내가 영웅이라고?"

"그래! 너는 발자크의 모험가, 영웅이야……!"

"내가 발자크의 모험가? 게다가 영웅? —아니, 틀렸어."

길드 마스터를 응시하고서 단언했다.

"나는 딸이 무엇보다 소중한 평범한 아빠야. 그 외의 무엇도 아니야. 미안하지만 이만 실례하지."

멍하니 있는 길드 마스터에게 작별 인사를 했다.

그리고서 나는 라비의 손을 이끌고 길드 마스터의 방을 뒤로했다.

8화 아저씨와 소녀, 왕년의 무용담

Enjoy new life with my daughter

길드를 뒤로한 나는 라비를 데리고 『돼지의 밤울음』으로 향했다.
이곳은 여관을 겸한 식당이었다. 운 좋게 아직 빈방이 있었다.
평소라면 일단 제일 먼저 방을 잡았을 텐데 그걸 잊어버리다니.
냉정한 줄 알았지만 내심 동요하고 있었나 보다.
와글와글 떠들썩한 식당을 가로질러 창가 자리에 앉았다.
발자크에 살 적에도 이곳에는 자주 밥을 먹으러 왔었다.
맛이 좋고 심지어 가격이 합리적이어서 돈 없는 모험가들이 아끼는 가게였다.
변함없이 장사가 아주 잘됐다.
우리가 들어온 직후에도 손님이 우르르 들어와서 자리가 순식간에 꽉 차 버렸다.
친구인 점주 에이허브와 그의 아내에게는 나중에 인사하기로 했다.
지금은 마침 밥때라서 바쁠 테니까.
"어이…… 저기 좀 봐……. 뭔가 엄청난 차림을 한 아저씨가 있어……."
"우와, 진짜네……. 이국의 음악가나 뭐 그런 사람이겠지……."
"예술가는 알 수 없는 생물이야. 진짜 굉장한 센스야……."

그런 대화가 들렸다.

이상한 방향으로 주목받고 있었다. 하지만 아까처럼 난리가 나는 것보다는 낫다고 자신을 위로했다.

“라비, 뭐 먹고 싶어? 이 가게의 추천 요리는 포토푀, 햄버그스테이크, 소고기 파이 등이야.”

“포토푀 먹고 싶어…….”

“음, 그럼 포토푀를 주문하자. 그리고 빵이랑 음료랑, 오, 그래. 라비, 소시지도 먹을래?”

“응, 먹을래……!”

“좋아. 그럼 그것도 시키자.”

종업원 여성에게 음식을 주문하고 요리가 나오기를 기다리는 동안 앞으로 어떻게 할지 라비와 이야기했다.

“용사 앨런이라는 남자가 이야기에 몇 번 나왔지? 나는 그의 소중한 물건을 맡고 있어. 가능하면 그걸 본인에게 돌려주고 싶어. 돌아오지 않을지도 모르지만 조금 기다려 봐도 될까?”

라비가 고개를 끄덕였다.

“있지, 아빠.”

“응?”

“이제 또 다른 도시로 갈 거야……?”

라비가 지적해서 정신이 번쩍 들었다.

지금까지 여행을 계속한지라 쭉 이동하는 것이 당연하다고 생각하고 있었다.

"그러고 보니 당장의 목적지는 여기였지."

앞으로는 라비와 둘이서 살아간다.

여행을 계속하는 생활을 택할지. 어딘가에 집을 짓고 눌러앉아 살아야 할지. 그것도 결정해야 했다.

"라비는 여행하는 것과 한 도시에 눌러앉아 사는 것 중에서 어느 쪽이 좋아?"

"어?! ……으음…… 으음……."

라비가 난처한 얼굴로 이리저리 시선을 옮겼다.

어린 라비에게는 어느 쪽이 좋은지 결정할 판단 재료가 부족할지도 모른다.

"여행을 계속하는 생활에는 여러 사람과 만나거나, 새로운 발견이 있거나, 그런 매력이 있어. 반대로 집을 갖고 눌러앉아 사는 생활과는 달리, 돌아갈 곳이 있다는 안정감과는 무관한 생활이 돼. 그 밖에도 양쪽의 장단점이 생각나면 말해 줄 테니까 라비도 한번 고민해 줘. 앞으로 어떻게 할지 같이 정하자."

"응…… 알겠어."

마침 그때 요리가 나왔다. 우리는 따뜻한 포토푀를 맛있게 먹으며 향후 생활에 관해 두런두런 대화를 나눴다.

식사가 끝나고 식당을 찾는 손님의 발길이 뜸해졌을 때.

가게 주인인 에이허브를 불러 달라고 종업원에게 부탁했다.

"안녕, 에이허브. 오랜만에 들렀어. 잘 지냈어?"

주방에서 나온 에이허브는 내 얼굴을 보고 의아해하며 고개를 갸우뚱했다.

"그러고 보니, 이 모습으로는 누군지 모르겠네."

나는 다른 손님에게 들키지 않게 턱수염을 잠깐 뗐다.

"아니……?! 더글러스……?!"

"쉿……!"

"아, 미안, 미안. 소동이 벌어져서 변장하고 있구나……!"

에이허브는 주위를 신경 쓰며 목소리를 낮췄다.

"네가 돌아왔다는 소문은 도시에 쫙 퍼졌지만, 진짜로 돌아왔구나……!"

에이허브가 내 어깨를 잡고 꾹 힘을 줬다.

재회를 진심으로 기뻐하는 것이 전해져서 가슴이 뜨거워졌다.

"그 아이가 소문의 여자아이구나. 귀여운 아이네. 소중한 가족이 생겨서 다행이야!"

으하하 웃은 에이허브가 내 어깨를 두드렸다. 나는 쑥스러워서 머리를 긁적였다.

"더글러스, 널 만나게 돼서 기뻐. 이 말은 오늘 수없이 들었으려나? 네가 유명해지자마자 『더글러스 포드와 나는 친구였다』라고 떠들어 대는 녀석이 잔뜩 나왔으니 말이지."

"하하하……."

나는 오늘 만난 사람들을 떠올리고 쓰게 웃을 수밖에 없었다.

"하지만 내가 보기에 난리 피우는 녀석들은 아무것도 모르는 사람들이야. 전성기에 네가 얼마나 강했는지 안다면 드래곤을 쓰러뜨린 것 정도로는 놀라지 않겠지."

라비가 머뭇머뭇 고개를 들었다.

"아빠, 훨씬 강했어……?"

낯을 가리는 라비가 처음 만난 상대에게 질문하다니 보기 드문 일이었다.

"오, 아가씨, 궁금해? 이 녀석의 무용담!"

"이봐이봐, 그만둬."

당황하는 내 옆에서 라비가 고개를 끄덕거렸다.

"이 녀석은 그저 드래곤을 쓰러뜨린 게 아니라 길들인 적도 있어!"

"엇, 드래곤을……?"

"그래. 드래곤 무리로 돌진했었지. 심지어 결코 사람을 따르지 않는다는 드래곤이 이 녀석을 쫓아 마을까지 따라왔었어. 그때는 산에 돌려보내느라 정말 고생했었지! 하하하!"

라비가 놀라서 나를 올려다보았다.

"아빠, 대단해……!"

겸연쩍으니까 진짜 그만했으면 좋겠다.

"드래곤뿐만이 아니야. 당연히 여러 모험가가 더글러스에게 가르침을 청했어. 이 녀석의 후배 모험가는 다들 이 녀석 덕분에 성장했다고 해도 과언이 아니야."

"아빠는 여러 사람의 선생님이었다는 거야……?"

"그렇지! 지금은 왕국의 군대에서 장군으로 있는 녀석이나 용사 앨런도 더글러스가 키웠어!"

그 이야기를 들으니 옛날 생각이 났다. 용사의 이름은 살짝 가슴에 박혔지만…….

"내가 아는 얘기 중에서 가장 대단한 건 사천왕 직속 마족 군단을 혼자서 섬멸한 거려나. 그 이야기는 여전히 모험가 사이에서 회자되고 있어."

"와아……!"

그때도 난처했지……. 소문을 듣고 망국의 공주까지 내 얼굴을 보러 와서 난리가 났었다. 옆에서 라비가 눈을 반짝거리며 이야기를 들었다.

나는 묘하게 어색해서 가만히 앉아 있지 못하고 들썩거렸다.

"과거 얘기는 그쯤 해 줘. 그보다 한동안 여기 묵어도 될까? 되도록 소동이 일어나지 않게 조심할게."

"나랑 너 사이에 섭섭하게 뭘 그런 걸 부탁해. 마음껏 머물다 가."

"고마워. 신세 좀 질게."

에이허브는 씩 웃으며 고개를 끄덕이고 라비에게 시선을 보냈다.

"우리 딸인 다이애나랑 나이가 비슷해 보이네. 내일 만나게 해 줄게. 좋은 친구가 될 수 있을 거야."

그러고 보니 에이허브의 말대로 그의 딸은 딱 라비 또래일 터다.

다만 라비는 낯을 가리니 말이지…….

걱정돼서 라비를 보자 역시나 라비는 긴장한 얼굴로 굳어 있었다.

친구가 생기는 건 좋은 일이지만 과연 어떻게 될는지.

나는 어쨌든 라비를 안심시키려고 머리를 툭툭 쓰다듬었다.

9화 아저씨, 정보상 드워프와 재회하다

Enjoy new life
with my daughter

그날 밤.

라비는 새근새근 고른 숨소리를 내며 푹 잠들어 있었다.

나는 왠지 묘하게 눈이 말똥말똥해져서 전혀 잠이 안 왔다.

아래층에서 희미하게 웃음소리가 들려왔다.

이런 여관의 식당은 밤이 되면 대체로 술집으로 이용된다.

—취침주 대신 한 잔 마시고 올까.

침대에서 나온 나는 의자에 걸쳐 뒀던 옷으로 갈아입고 라비를 깨우지 않게 슬그머니 방을 뒤로했다.

일단 음악가로 오해받는 변장도 했다.

낮에처럼 소동이 일어나면 여관에 폐가 된다.

그런 사태는 반드시 피하고 싶었다.

계단을 내려가 식당 안을 엿보니 두 테이블에 손님이 있었다.

웃음소리의 출처는 장인으로 보이는 남자들이었다. 넷이서 술잔을 주고받고 있는데 다들 곤드레만드레 취해 있었다.

하지만 밝은 웃음소리가 끊이지 않으니 불쾌한 타입의 주정뱅이들은 아니었다.

제일 안쪽 테이블은 손님이 한 명.

이쪽을 향해 작고 둥근 등을 보이고 있었다.

땅딸막한 저 체형은 드워프족 특유의 체형이었다.

허리까지 기른 검은색 고수머리가 낯익었다.

저렇게 새까만 머리카락을 가진 자는 별로 없었다.

'혹시 저자는…….'

그때 주방에서 안주 접시를 든 에이허브가 나왔다.

"오! 마침 잘됐다. 지금 부르러 갈까 고민 중이었어. 햄이 와 있어. 네 얘기를 했더니 보고 싶어 했거든."

"그래? 역시 햄이었구나."

햄은 발자크의 서민지구에서 무허가로 정보를 팔고 있었다.

돈을 받고 정보를 팔고, 길드 안건 외의 의뢰를 알선하는 것이 주된 일이었다.

돈에 깐깐한 남자이긴 하지만 햄이 주는 정보는 확실했고, 늘 귀중한 실마리를 제공해 줬다. 왕족이나 귀족의 비밀까지 모조리 알고 있으니 대단했다.

흔한 정보상과는 비교가 안 되는 수완가였다.

"반가운걸."

나는 바로 햄의 자리로 다가갔다.

취객들의 자리에서는 사각지대였기에 턱수염을 뗐다.

내 발소리를 듣고 햄이 고개를 들었다.

동글동글한 눈이 나를 지그시 바라보았다.

드워프답게 햄도 감정을 전혀 얼굴에 드러내지 않았다.

하지만 나를 위해 의자를 빼 준 것을 보면 에이허브의 말대로 보고 싶어 했던 모양이다. 나는 고맙다고 하고서 옆에 앉았다.

"오랜만이야, 더글러스. 이런저런 소문은 들었어."

"그래, 오랜만이야. 일은 잘돼?"

"정보 수집 쪽은. 하지만 의뢰 알선 쪽은 영 아니야. 특수 임무를 맡길 만한 모험가가 최근에는 너무 없어."

이 말을 듣고 생각났는데 나도 슬슬 일하는 편이 좋을 듯했다.

마흑룡 퇴치로 번 돈은 아직 충분히 남아 있지만 유비무환이다.

라비를 키우려면 지금도 필요할 것이다.

"한동안 발자크에 체재할 생각이야. 일도 몇 개 하고 싶어. 무슨 일 있으면 소개해 줘."

"네가 맡아 준다면 소개하고 싶은 일은 잔뜩 있어. 성가신 안건이 꽤 쌓여 있거든."

"네가 취급하는 일은 전부 그런 내용이잖아."

"성가신 레벨이 달라. 너한테 주고 싶은 일은 일국을 뒤흔들 만한 문제니까. 너 정도 되는 사람이 아니면 일을 의뢰할 수 없어."

"아, 미안. 먼저 말해야 했는데. 보수가 저렴해도 상관없으니까 위험하지 않은 일을 소개해 줘. 이제 무모한 짓은 못 해."

"그런가, 그랬지. 지킬 게 생겼지."

햄도 당연하게 라비를 알고 있는 듯했다. 가는 곳곳마다 다들 내 사정을 아니 이상한 기분이었다. 나는 쓰게 웃고 고개를 끄덕였다.

"딸을 두고 죽을 수는 없어."

"알겠어. 그럼 목숨은 위험하지 않지만 특별한 자만이 할 수 있는 복잡한 일을 주지."

"그런 일이 있어……?"

"음지에는 무슨 일이든 다 있어."

햄은 히죽 웃고 그렇게 말했다.

"자세한 얘기는 여기서 못 해. 내 가게에 한 번 들러 줘."

"알겠어. —똑같은 거면 될까? 한 잔 살게."

햄의 맥주잔이 비었기에 물었다. 햄은 흔쾌히 고개를 끄덕였다.

얻어먹기를 좋아하는 남자였다. 나는 에이허브에게 에일을 2인분 주문했다.

"그런데 햄, 정보를 하나 사고 싶어."

금화 한 닢을 테이블 위에 올렸다. 햄의 동그란 눈이 커졌다.

"흠. 금화 한 닢이라니…… 엄청난 정보를 원하나 보군. 용사의 행방인가?"

이번에는 내가 놀랄 차례였다.

이런 질문이 나왔다는 것은 내 하루 동선을 파악하고 있음은 물론이고 거기서 이야기한 내용까지 대충 알고 있다는 뜻이었다. 정말로 터무니없는 정보상이다.

하지만 내가 지금 햄에게 묻고 싶은 것은 앨런이 어디 있는지가 아니었다.

물론 앨런의 반지를 돌려주고 싶은 마음은 있지만, 쫓아다니면서까지 돌려주고 싶은 건 아니었다. 내가 묻고 싶은 정보는—.

"이 도시의 어디로 데려가면 어린 여자아이가 즐거워할까?"

"……뭐?"

"아니, 여기 오기까지 계속 여행했으니까. 딸이 좋아할 만한 곳에 여기저기 데려가 주고 싶은데. 어쩌면 좋을지 모르겠어. 정보상이라면 그런 정보도 가지고 있지?"

"그런 정보를 위해 금화를 낸 건가……?"

"내게는 금화 한 닢에 필적하는 정보야."

"이것 참……. 어떻게 생각해도 바가지가 되지만, 네가 그렇게 말한다면 고맙게 받도록 하지."

햄은 금화를 품에 넣고 나와 마주했다.

"정말로 좋아하는 곳은 개개인의 성질과 성격에 따라 다르겠지. 그 부분은 직접 판별해. 내가 가르쳐 줄 수 있는 건 일반적으로 어린아이가 좋아하는 곳이야."

"그거면 돼. 고마워."

"일단 흔한 곳부터 들자면 모로강 옆에서 매일 아침 열리는 시장이지. 먹으면서 돌아다닐 수 있고, 여자들이 좋아하는 과자를 파는 노점이 많이 늘어서."

"흠흠."

"그리고 교회 앞 광장에서 일요일 아침에 열리는 마켓. 다양한 이벤트가 개최돼서 아이들은 아주 좋아할 거야."

"그렇군."

"교외의 들판으로 데려가는 것도 좋아. 지금은 봄꽃이 예쁠 때지. 오리어리 호수에서 보트를 태워 주는 건 어때?"

"역시 햄. 전부 최고야……!"

"나한테 이런 정보를 사러 온 녀석은 네가 처음이야. 하여간 너는 여러 가지 의미에서 파격적이라니까."

나는 라비가 좋아하는 모습을 상상하며 햄이 가르쳐 준 정보를 부지런히 수첩에 적어 나갔다.

그 페이지에는 책갈피 대신 쓰고 있는 극채색 깃털을 끼워 뒀다.

"최강의 모험가도 지금은 딸을 끔찍이 아끼는 아저씨인가……."

"하하하. 부럽지?"

"그래. 정말로 행복해 보여서 다행이군."

햄이 나를 향해 맥주잔을 들었다.

나도 잔을 들고 꿀꺽꿀꺽 에일을 들이켰다.

10화 아저씨와 소녀, 딸이 아빠를 자랑스럽게 여기다

Enjoy new life
With my daughter

이튿날 아침.

"라비, 아침 장 좋아해?"

"아침 장?"

라비의 머리를 묶어 주며 물었다.

라비는 나를 돌아보고 의아해하며 고개를 갸웃했다.

"아빠, 아침 장이 뭐야?"

"이른 아침부터 도시의 광장이나 강변에 가게가 늘어선 광경 본 적 없어? 채소 가게나 과일 가게, 생선 가게 등을 중심으로 여러 가지 가게가 늘어서서 꽤 북적거려. 그걸 아침 장이라고 해."

"……."

라비가 슬픈 표정으로 고개를 가로저었다.

"……미안. 몰라……."

시무룩하게 고개를 숙이니 작은 라비가 더더욱 작아 보였다.

나는 황급히 라비 앞에 쭈그려 앉았다.

아침 장에 가면 아이를 데리고 나온 엄마를 자주 본다.

나도 어릴 적에 엄마를 따라 여러 번 아침 장에 간 기억이 있었다.

어린 시절에 부모님이 아침 장에 가자고 하면 그게 마법의 말이라도 되는 것처럼 설렜었다.

"그렇게 슬픈 표정 짓지 마. 오늘 나랑 같이 가면 어떤 곳인지 알 수 있으니까. 그렇지? 분명 즐거울 거야."

"아빠, 데려가 줄 거야……?"

"그래, 물론이지. 이 도시에 있는 동안, 뭣하면 매일 데려가 줄 수도 있어."

"후후. 매일?"

마침내 라비의 얼굴에 자그마한 미소가 돌아왔다.

슬픈 기억은 전부 즐거운 추억으로 덮어씌울 수 있다면 좋을 텐데.

나는 그렇게 생각하며 어설픈 웃음으로 화답했다.

◇◇◇

아침 장이 열리는 모로강은 발자크의 남동쪽에 흐르는 큰 강이다.

날씨가 궂지만 않으면 물살이 세지 않은 강이라서 주민들의 휴식처로 쓰였다.

장이 서는 곳 주변에는 배들이 정박하여 둥둥 떠 있었다.

그 배들은 어선과 상선으로, 매일 아침 항구에서 장터까지 상품을 날랐다.

라비와 함께 아침 장에 도착하니 주위는 이미 꽤 북적이고 있었다.

"생각보다 사람이 더 많네."

라비가 이리저리 짓눌리기라도 하면 큰일이다.

"그래, 라비. 목마 태워 줄까?"

"어……? 저, 정말……?"

라비가 무척 기뻐하며 되물었다.

그러고 보니 목마는 처음 태운다.

나는 웃고서 라비 앞에 쭈그려 앉았다.

라비가 어깨에 탄 것을 확인하고 무릎에 힘을 줘 일어났다.

"영차."

"와아……! 괴, 굉장해……! 아빠, 높아……!"

라비가 조심스럽긴 하지만 들뜬 목소리를 냈다.

"그래, 높아? 무섭지는 않고?"

"응……!"

기운찬 대답을 듣고 나도 기뻐졌다.

그때—.

"와…… 좋겠다……."

돌아보니 엄마와 손을 잡은 소년이 부럽다는 얼굴로 우리를 보고 있었다.

"죄송합니다……. 얘도 참……."

아이의 엄마가 당황하여 사과했다.

나는 쓰게 웃으며 고개를 저었다.

"팔에 올라타 볼래?"

"그래도 돼?!"

소년이 엄마를 홱 돌아보았다.

그녀는 미안한 얼굴로 내게 미소 짓고서 소년에게 고개를 끄덕였다.

"민폐니까 바로 내려와야 한다?"

"앗싸~!"

나는 라비를 목마 태운 채 쭈그려 앉아 팔을 굽히고 거기에 소년을 앉힌 뒤 일어났다.

"굉장해! 높아! 주변이 전부 보여!"

소년이 목마를 탄 라비를 올려다보고 말했다.

"너희 아빠 대단하다!"

"으, 응……."

낯가림이 심한 라비가 웬일로 기뻐하며 대답했다.

심지어 라비 쪽에서도 소년에게 말을 걸었다.

"아빠는 힘이 세서…… 마차도 들 수 있어."

"뭐어?! 마차를?! 엄청난 괴력이네!!"

기뻐하며 떠드는 소년에게 라비가 고개를 끄덕였다.

그러자 소년의 목소리를 듣고 주위에 있던 다른 아이들도 모여들었다.

"우와~ 좋겠다, 좋겠다……!"

"나도 타 보고 싶어……!"

"나도, 나도!"

순식간에 내 주위를 아이들이 뒤덮었다.

대충 열 명.

역시 이 인원은 무게는 문제없더라도 앉을 공간이 없었다.

“아빠…… 나, 내릴까?”

양보해야겠다는 생각이 들었는지.

라비가 작은 목소리로 슬며시 물었다.

목마를 타고 그렇게나 기뻐했는데, 착한 아이였다.

“괜찮아. 거긴 라비의 특등석이야.”

“하지만…….”

문제없다.

그 방법이 있으니까.

나는 통행인에게 방해가 되지 않도록 장터 구석으로 피한 후 아이들을 둘러보았다.

겁먹지 않으면 좋겠는데…….

그렇게 바라며 영창했다.

《넘치는 힘 솟아나라— 근력 증강 머슬 파워!!》

불끈불끈불끈!

근육이 부풀어 오르며 양팔이 거대해졌다.

그것을 본 아이들은—.

“와아……. ……괴, 굉장해……!!”

“뭐야, 이거. 멋있어!!”

“불끈불끈이야!!”

겁먹기는커녕 크게 기뻐하며 내게 몰려들었다.

아이들의 부모는 입을 쩍 벌리고서 말을 잇지 못했다.

“잡고 매달려도 돼.”

나는 일단 부모들에게 마법이니까 걱정하지 말라고 설명한 다음, 아이들을 놀게 했다.

“신난다!!”

“대단해, 대단해!”

아이들은 다들 까르르거리며 내 팔에 매달렸다.

목마를 탄 라비가 자랑스러워하는 목소리로 「우리 아빠, 모두의 인기인이야」 하고 중얼거린 것이 무엇보다도 기뻤다.

11화 아저씨, 좋은 아빠의 모습을 보여 주다 ~갓 만든 따끈따끈 핫도그~

Enjoy new life with my daughter

머슬 파워로 놀게 한 후 지면에 내려 주자 아이들이 고맙다고 인사했다.

"아저씨, 고마워요!"

"엄청나게 높았어!"

"나도 크면 아저씨처럼 불끈불끈해질 수 있을까?"

"그래, 분명 될 수 있을 거야."

아이들은 기뻐하며 웃고서 목말을 탄 라비를 올려다보았다.

"너희 아빠, 옷차림은 이상하지만 멋있다!"

"힘도 세고, 불끈불끈하고!"

"나도 이런 아빠가 있으면 좋았을 텐데~"

"나도, 나도!"

"이런 아빠가 있다면 매일 즐겁겠지……."

"잔뜩 놀아 주지?"

"응, 놀아 줘."

"늘 다정해?"

"응, 늘 아주 다정해."

내 모자에 달라붙어 있는 라비가 작은 목소리로 대답했다.

"자랑스러운 아빠야……."

"라비……."

라비의 마음이 기뻐서 나도 모르게 찡해지고 말았다.

그 후, 아이들의 부모가 매우 고마워했다.

"이렇게 즐거워하는 아들은 오랜만에 봤어요. 정말로 감사합니다."

"당신 같은 아빠가 있으면 아이는 행복할 거야!"

"맞아! 우리 남편은 아이를 싫어해서……. 맨날 술만 퍼마시고 아이랑은 전혀 놀아 주지 않아."

"우리 집은 아빠가 없는지라 아빠에 대한 동경이 강해서."

발자크는 모험가의 도시다. 의뢰를 수행하다가 실패해서 목숨을 잃는 자도 당연히 있다. 모험가는 남자가 압도적으로 많다. 그런 사정 때문에 발자크에는 아빠 없는 아이가 적지 않았다.

"힘들어도 열심히 아이를 키우고 있구나……."

형편없는 위로밖에 못 했지만 그래도 엄마들은 얘기를 들어 줘서 좋았다며 미소 지었다.

'다들 여러 가지 사정을 안고 있어…….'

아침 장에 아이를 데리고 오는 것은 거의 엄마다.

그래서 나는 솔직히 조금 부담을 느꼈었다.

하지만 아빠만이 줄 수 있는 것이 있음을 알게 돼서 마음이 약간 편해졌다.

엄마가 없다면 내가 두 사람 몫의 애정을 라비에게 쏟으면 된다.

◇◇◇

다른 부모들과 헤어지고 나서 라비와 나는 아침 장을 구경했다.

제철 채소, 신선한 생선, 색색의 과실.

이국땅에서 가져온 희귀한 특산품, 향신료, 달콤한 냄새가 나는 과자.

헌 옷을 파는 가게도 있고, 일용 잡화를 다루는 가게도 눈에 띄었다.

상인들은 밝은 목소리로 호객했고, 돌아다니는 사람들은 즐겁게 가게를 구경했다.

당장 생활에 필요한 물건은 여기서 대부분 살 수 있었다.

"슬슬 배도 채우고 싶네."

"응……!"

"먹고 싶은 게 있으면 말해."

마침 그때 향긋한 냄새가 풍겼다.

"아빠, 좋은 냄새가 나……."

"그러게. 보러 갈까."

냄새를 따라 걸어가니 핫도그 노점이 보였다.

허브를 넣은 소시지를 철판에 굽고 있었다. 향긋한 냄새의 정체였다.

"맛있겠다……."

진심에서 우러나온 중얼거림이 머리 위에서 들려왔다.

나는 웃고서 「오늘 아침은 핫도그네」 하고 라비에게 말했다.

"어서 오세요."

"핫도그 두 개. 한쪽은 겨자소스 없이."

"알겠습니다."

라비는 매운 음식을 못 먹기에 겨자소스는 빼 달라고 했다.

매일 세 끼를 함께 먹어서 선호하는 맛도 모두 파악했다.

점주는 즉석에서 빵에 칼집을 내고 신선한 양상추와 스크램블 에그를 깔았다.

거기에 노릇하게 구워진 소시지를 끼웠다.

마지막으로 토마토소스를 끼얹고 내 것에는 겨자소스도 끼얹은 뒤, 건조 파슬리를 뿌려 완성이었다.

종이봉투에 싸인 핫도그 두 개를 받고 동화를 건넸다.

목말을 탄 채로는 먹기 힘들 테니 장터를 벗어나 강변에 앉기로 했다.

나는 코트를 벗어 풀 위에 깔았다. 라비를 거기에 앉힐 생각이었다.

하지만 라비는 곧장 나를 따라 자신의 작은 코트를 내 코트 옆에 펼쳤다.

나는 웃고서 앉자고 했다.

오늘은 봄다운 화창한 날씨였다. 감기에 걸리지는 않을 것이다.

"그럼 먹을까."

라비는 핫도그를 어떻게 먹는지 몰랐다.

"입 데지 않게 조심해."

"응."

종이봉투를 잘 젖혀서 먹으면 손이 더러워지지 않는다고 가르쳐 주며 둘이서 첫 한입을 먹었다.

"으으응…… 하으하으……. 마시써……!"

"응…… 맛있네."

씹을 때마다 터지는 육즙. 부드러운 빵. 허브 향이 농후한 소시지는 새콤달콤한 토마토소스와 잘 어울렸다.

우리는 이따금 맛있다고 말하며 핫도그를 만끽했다.

그렇게 배가 찼을 때—.

"아빠, 있지……. ……오늘 데려와 줘서 고마워. 정말 기뻤어……."

갑자기 고맙다고 해서 말문이 막혔다.

왜일까.

라비가 고맙다고 할 때마다 나는 항상 가슴이 찡해지고 눈물이 날 것 같은 기분이 든다.

슬프지는 않은데 왜 이런 감정이 북받치는 것인지 알 수 없었다.

12화 아저씨와 소녀, 기자에게 질문 공세를 받다

핫도그를 먹은 후에는 소화할 겸 도시의 중심지를 라비에게 안내하며 걸었다.

오후에는 여행하면서 쓴 도구를 점검할 예정이었다.

"방에서 도구를 손볼 건데 라비도 도와줄래?"

"응. 도와줄래."

라비에게 여행 도구를 쓰는 법도 이것저것 가르쳐 주고 싶었다. 앞으로 어떻게 할지는 미정이지만 배워 둬서 나쁠 것은 없었다. 그런 생각을 하며 여관으로 돌아가니—.

"이런……. 돌아와 버렸나……."

나를 보자마자 에이허브가 아차 싶은 느낌으로 이마를 짚었다.

"무슨 뜻이야?"

"아니, 그게 말이지, 일이 귀찮아져서—."

"아! 당신은!!"

설명해 주려던 에이허브의 말이 흥분한 목소리에 덮여 지워졌다.

흠칫하여 돌아보니 식당 구석에 앉아 있던 남자가 우리 곁으로 부리나케 달려왔다.

어제 발자크에 도착한 직후에 말을 걸어왔었던 북새통 마법 인쇄

상회의 기자였다.

"드디어 찾았습니다! 당신에게 꼭 이야기를 듣고 싶었습니다."

나는 순간적으로 머리와 턱을 만졌다. 변장은 제대로 하고 있었다. 그런데 왜 정체가 들통났지?

나는 실망했다. 이 변장도 이제 쓸 수 없다.

게다가 에이허브에게 폐가 될 테니 이 여관에서도 나가야 했다.

"더글러스 씨의 행방을 알 수 없으니 딸인 라비 양을 찾기로 했답니다. 그랬더니 라비 양으로 추정되는 여자아이를 데리고서 더글러스 씨의 지인 주위를 돌아다니는 실크해트, 꼬불꼬불한 금발, 수염을 기른 기묘한 신사를 목격했다는 이야기를 들었죠. 그게 당신이었군요."

"그, 그건……."

"더글러스 씨의 친구 주위를, 더글러스 씨의 딸을 데리고서 돌아다닌다. 이건 즉—."

"……."

"당신은 더글러스 씨에게 무척 신뢰받는 친구라는 뜻이죠!"

"……어?! ……뭐라고?"

"그렇잖아요. 너무 유명해져서 거리를 돌아다닐 수 없는 더글러스 씨를 대신하여 친구와 지인을 만나고 있는 거죠? 말을 전해 달라고 부탁받았나요?"

나는 얼떨떨하게 기자를 보았다. 혹시 내가 더글러스라는 것은 안 들켰나……?

"딸을 맡긴 걸 보면 아주 신뢰하는 친구인가 보네요. 역시 당신을 눈여겨보길 잘했어요. —라비 양, 이 아저씨는 아빠의 친구죠?"

라비는 당황한 표정을 지으며 내 뒤에 숨어 버렸다.

하지만 어쨌든 다행이었다.

이 기자는 아무래도 나를 더글러스의 친구라고 착각한 모양이었다.

"뭐든 좋습니다. 더글러스 씨의 이야기를 들려주세요! 그의 이야기라면 어떤 사소한 것도 기사가 되거든요!"

"……."

나는 입을 다물고 생각했다. 이건 기회일지도 모른다.

더글러스에 관한 유감스러운 이야기를 해서 별 볼 일 없는 인간이라고 여기게 하면…….

이 남자가 그걸 기사로 써 준다면 난리 피우고 있는 사람들도 나에 대한 흥미를 잃을 터다.

좋아, 시도해 보자.

"실력이 죽었을 때의 더글러스는 정말 꼴사나웠어."

"그게 또 비극적이라 좋단 말이죠. 밑바닥에서 부활하다니 드라마틱하지 않습니까! 고생을 아는 인간의 편이 되어 주고 싶어져요."

"……."

젠장. 그렇다면 건강했을 적의 실패담을 들려주마.

"막 모험가가 됐을 무렵, F랭크 채집 의뢰를 받았을 때도 식물 채집에 실패했었어."

"예? 식물 채집을요?"

기자가 얼떨떨한 표정을 지었다. 좋아, 좋아.

"극한지에서 의뢰를 수행하다가 꽁꽁 얼어 버린 적도 있었지. 어떻게든 의뢰는 완료했지만 그때 동상을 입은 발이 가려워서 일주일은 잠을 못 잤어……."

"그, 그랬나요……. 더글러스 씨에게도 의외의 일면이……."

잘 될 것 같다고 기대한 직후—.

"그런 일도 있었지! 듣자 하니 식물 채집 때는 새의 둥지와 생태계를 파괴할 수 없다며 단념했던 거였다던데!"

에이허브, 어째서……. 나는 식은땀이 나는 것을 느끼며 에이허브를 보았다. 하지만 에이허브는 그런 내 시선을 알아차리지 못하고 의기양양하게 허리에 손을 얹고 있었다.

"내 친구가 얼마나 대단한 녀석인지 이해했겠지!"

친구로서 자랑스럽게 여겨 주는 것은 기쁘다. 하지만 왜 이 타이밍에……!

기자는 에이허브가 말한 이야기를 필사적으로 메모하고 있었다.

"생태계, 인가요……. 그렇군요. 확실히 요즘, 모험가들이 희소 식물과 동물을 남획해서 문제가 되고 있죠. 더글러스 씨는 그렇게 옛날부터 이 문제를 주의 깊게 보고 있었군요!"

"그 당시 주변 모험가들은 더글러스를 바보 취급했지만. 낚시나 벌레 잡는 의뢰 때도 비슷한 일이 있었던가……."

큰일이다.

"극한의 땅에서 했던 의뢰도, 더글러스보다 먼저 출발한 신인 모험가들이 경장비였거든. 그냥 내버려 두면 될 텐데 신인들에게 자신의 방한 장비를 양보한 거야."

"네에?! 추운 곳에서 방한 장비를요?!"

"게다가 엄청난 추위에 곤란해진 더글러스는 스킬을 응용해서 추위를 견디는 방법을 찾아냈어!"

"하, 하지만, 경솔한 건 맞지. 안 그래? 기자 양반도 그렇게 생각하지?"

기자는 흥분하여 고개를 가로저었다.

"네?! 그게 무슨 말씀인가요! 역시 더글러스 씨! 더더욱 다시 보게 됐어요. 평판대로, 아니, 그 이상이네요!"

"뭐……? 의뢰 달성에 실패했어. 꼴불견이잖아?"

"남을 돕다가 그렇게 된 거 아닙니까. 역시 인성을 갖춘 사람이에요~. 모험가는 다들 사리사욕을 위해 행동하는데 말이죠. 더글러스 씨는 전혀 달라요."

"아니, 나는 이제……."

"나는?"

"아! 아니, 내가 아니라 더글러스는 이제 딸을 위해 살기로 했어."

"그거예요, 그거! 최강의 남자가 자식을 끔찍이 아끼는 아빠라는 것도 인기 있는 이유예요. 지금 아이들의 장래 희망 1위는 『더글러스 포드』라고요! 지금껏 늘 1위였던 용사를 간단히 제쳤어요!"

"하, 하지만, 모험가 길드에서 추방된 아저씨야. 지금은 딸과 둘이서 집도 없이 여행하는 떠돌이야. 그렇지? 라비…… 양."

나는 라비에게 도움을 구했다. 그러나—.

"아빠는 대단해……."

어째서, 라비……!!

"밥이 없어도 강에서 물고기를 잡아 주고…… 주머니로 신발도 만들 수 있어."

"주머니로 신발을?!"

"응. 내 소중한 추억이야. 아빠에게 처음으로 받은 거였어."

라비…… 그 마음과 기특함이 찡하지만 지금은 때가 아니야. 지금은 아니야.

"구름을 보고 날씨도 알고, 잘 곳도 능숙하게 찾아. 모닥불로 수프를 만들어 주고, 나뭇잎이랑 옷으로 순식간에 침대를 만들 수 있어."

"그런 아빠가 있으면 안심하고 여행할 수 있겠네요, 라비 양."

"응……!"

에이허브와 기자는 라비를 보며 상냥하게 웃었다.

"아빠의 모습을 보여 주는 더글러스, 딸과 여행하면서도 모험가의 지식을 최대한 활용한다……! 이야~ 굉장한 수확입니다. 이 기사가 실린 신문은 분명 날개 돋친 듯이 팔릴 거예요!"

이튿날 발행된 신문 1면에는 변장한 모습인 아주아주 수상한 내 그림과 『더글러스의 친우, 갖가지 전설을 이야기하다!』라는 기사가 게재되었다.

신문은 이전 기록조차 엄청난 기세로 경신하여 순식간에 매진됐다고 한다.

그 보고를 들은 내가 머리를 싸맨 것은 말할 필요도 없다.

13화 아저씨, 최강의 힘으로 딸을 지켜보다

Enjoy new life
With my daughter

여관방을 잡은 다음 날 오후에 에이허브는 자신의 딸을 라비에게 소개해 줬다.

"내 이름은 다애애나야. 라비라고 부르면 돼?"

"으, 응……."

"그렇구나! 앞으로 잘 부탁해, 라비!"

갈색 머리를 트윈테일로 묶은 다이애나가 해맑게 웃었다.

라비는 부끄러워하며 고개를 끄덕여 대답했다.

"있지, 마당에서 나비 찾지 않을래?"

"아, 그게…… 나, 나중에……."

"그럼 식당에서 인형 놀이 할래?"

"응…… 아빠 옆에 있을 거면……."

"다행이다! 있지, 아빠! 손님 없을 때 식당에서 놀아도 돼?"

"그래, 상관없어."

"라비, 인형 가져올 테니까 기다려!"

"으, 응……."

라비는 처음에 꽤 긴장한 것 같았지만 다이애나의 밝은 성격에 조금씩 마음을 터놓았다.

라비에게 또래 친구가 생기는 것은 기꺼웠다.

그렇게 생각하고 있으니 숙박 3일째 아침, 라비가 놀라운 부탁을 했다.

"다이애나랑 둘이서 놀러 갔다 와도 돼……?"

"뭐?! 둘이서?"

"응……. 도시에서는 안 나간대……."

"라비, 가고 싶어?"

"응……."

"그, 그래?"

느닷없이 둘이서 놀러 나가고 싶다니…….

다이애나와 성격이 잘 맞는 걸까?

하지만 아무리 근처여도 아이들끼리만 보내는 것은 불안했다.

만약 내가 없을 때 라비가 위험한 일을 당하면?

그렇게 생각하자 숨 쉬기가 힘들어질 만큼 오싹했다.

그래도 놀러 나가지 말라고 할 수도 없었다.

칭칭 옭아매서 자유를 뺏으면 라비가 불쌍하다.

"알겠어. 놀고 와. 점심에는 돌아와야 한다?"

"……!"

라비의 얼굴이 환해졌다.

올바른 선택이었다고 안도하며 나는 라비를 배웅했다.

'자, 그럼…….'

"애들은 나갔어?"

식당 쪽에 얼굴을 내민 에이허브가 물었다. 아무래도 여관방을 청소하고 있었는지 대걸레와 양동이를 들고 있었다.

"그래. 밖에서 놀고 온대."

"너는 어쩔 거야?"

"나는 라비를 호위하고 올 거야."

"……그건 좀 그렇지 않아? 딸이 걱정되는 건 이해해. 하지만 졸졸 쫓아다니면 짜증스럽게 여길걸."

"처음으로 친구와 놀겠다고 했어. 라비를 방해하진 않아."

"그럼 어떻게 호위하려고?"

"경계 스킬로 라비의 반경 300미터 이내에 다가오는 수상한 자를 자동으로 감지할 거야."

"300미터?! 보통 경계 스킬은 자신을 중심으로 몇 미터가 한계잖아?! 너, 또 경계 스킬의 범위를 넓힌 거냐……."

"그리고 라비에게 위해를 끼치려고 하는 적이 있으면 원거리에서 바람 마법으로 제거하는 거지."

"하하! 적이라니. 너도 참 유난이다."

"무슨 소리야. 암살자가 라비를 노리기라도 하면 어떡해."

"아, 암살자?!"

"유괴당할 가능성도 있어. 과한 걱정은 아니야."

"너…… 엄청나게 과보호하는구나……."

에이허브가 쓴웃음을 지었다.

에이허브에게 내 걱정은 유난스러워 보일 것이다.

"그럼 갔다 올게."

"그, 그래……. 적당히 해……."

◇◇◇

그런고로 나는 몰래 라비를 호위하기로 했지만—.

"저거 뭐야! ……길거리 공연가가 아이들을 따라다니고 있어!"

"괴짜 음악가 아니야? 어쨌든 신고하는 편이 좋겠어!"

이런. 이 차림으로는 다른 의미에서 눈에 띄었다.

이래서야 아이들을 노리는 수상한 사람이다.

나는 일단 그늘에 들어가서 환술로 내 모습을 안 보이게 했다.

그 순간, 미지근한 공기 같은 것이 내 몸을 감쌌다.

다시 큰길로 나가 보니 더는 누구도 나를 주목하지 않았다.

좋았어, 성공이다.

이건 통상 암살자나 호위가 쓰는 SS랭크의 특수 스킬이었다.

쓸 기회가 없을 거라고 생각하면서도 혹시 몰라서 배워 두길 잘했다.

이 스킬을 사용하면 변장하지 않아도 거리를 돌아다닐 수 있기에 나는 가발을 벗어서 가방에 넣었다.

아무도 안 보는데 이런 변장을 하고 있는 건 역시 이상하니까 말이지.

다만 환술로 모습을 없애는 이 수단은 아쉽게도 혼자 있을 때만

쓸 수 있었다.

왜냐하면 완전히 존재감을 지워 버리기에 같이 걷는 라비조차 나를 볼 수 없게 되기 때문이다.

요컨대 투명 인간이 된 것과 같았다.

"저기 좀 봐, 라비! 저 가게의 애플파이 맛있어. 파이가 바삭바삭해!"

"그렇구나……."

"다음에 아빠랑 같이 가 봐."

"응."

라비와 다이애나에게도 들키지 않으므로 아까보다 가까이 가서 지킬 수 있게 되었다.

대화 내용도 분명하게 이해할 수 있었다.

엿듣는 것에 죄악감이 들었지만, 솔직히 이 대화를 듣게 돼서 다행이었다.

라비가 진지한 얼굴로 가게를 보고 있었다.

조만간 반드시 애플파이를 사 주자고 생각했다.

"라비, 조금만 더 가면 교회에 도착해. 저 가게 모퉁이를 꺾으면 나와!"

"응."

"그저께도 갔었는데 많이 있었으니까 오늘도 괜찮을 거야!"

"기대된다……."

교회 뒤편의 공터?

대화 내용을 보면 처음부터 목적지는 공터였던 것 같았다.

그런데 대체 뭐가 「많이 있었다」는 걸까?

"와아…… 꽃이 잔뜩 피어 있어……."

"그치? 도시 밖 들판에 가면 더 많이 피어 있어. 하지만 애들끼리는 밖에 나가면 안 된다고 하니까."

"하지만 나는 여기 꽃도…… 귀여워서 좋아……."

"다행이다! 그럼 모을까?"

"응……!"

그랬구나.

꽃을 따러 온 건가.

확실히 여자아이다운 놀이였다.

내가 흐뭇하게 지켜보고 있으니—.

"라비, 잔뜩 땄네."

"응. 아빠가 좋아할까……?"

어?

……나?

갑자기 내 얘기가 나와서 깜짝 놀랐다.

"나는 항상 아빠한테 받기만 했으니까……."

"괜찮아. 분명 기뻐할 거야!"

"그랬으면 좋겠다……."

라비가 손에 든 꽃을 내려다보며 후후 웃었다.

라비, 그런 생각을 했던 건가…….

작은 손에 쥔 귀여운 들꽃.

© 2018 Fuzichoco

저 꽃은 나를 위해…….

눈앞이 부예졌다.

젠장…….

나이를 먹어서 그런지 툭하면 눈물이 나려고 했다.

나는 허둥지둥 거칠게 눈가를 닦았다.

14화 아저씨와 소녀, 상냥하고 따뜻한 아빠의 기적

Enjoy new life
With my daughter

들꽃을 다 딴 라비와 다이애나는 슬슬 돌아가자며 공터를 나왔다.

나도 두 사람을 지켜보며 조금 떨어져서 따라갔다.

라비와 다이애나가 여관이 있는 큰길에 접어들었을 때, 사건이 일어났다.

모퉁이 너머에서 격렬한 소리와 비명이 들려왔다.

"뭐야?!"

"대체 무슨 일이 일어난 거야?!"

"큰일 났어!! 마차를 끄는 말이 폭주했어!!"

통행인들이 혼란에 빠져 외침과 동시에 거칠게 숨을 내쉬는 말 두 마리가 큰길에 나타났다.

"꺄아아아악……!"

"다들 피해……! 치일 거야……!!"

사람들이 비명을 지르며 우왕좌왕했다.

폭주한 말이 마차를 끌며 사람들 사이로 달렸다.

그렇게 달리는 말 앞에—.

"……!!"

겁먹은 얼굴로 주저앉아 버린 다이애나와 다이애나의 팔을 필사적으로 잡아당기는 라비가 있었다.

하지만 연약한 라비의 힘으로는 다이애나를 일으켜 세울 수 없었다.

'안 돼……!!'

즉각 바람 마법을 영창했다.

라비와 다이애나를 향해 돌진하는 마차.

라비의 입술이 달싹였다.

"……도와줘…… 아빠……."

《대기에 깃든 성스러운 힘이여, 불어라! 바람 마법 윈드!!》

"꺄아……?!"

라비와 다이애나의 몸이 공중에 두둥실 떠올랐다.

그 아래로 폭주한 말이 지나갔다.

나는 곧장 물 마법을 영창하여 말들 위로 대량의 물을 쏟았다.

"히히잉?!"

말들이 울더니 그 자리에서 발을 굴렀다.

충격 요법이 되어 버렸지만 어쨌든 폭주는 멈췄다.

"방금 그 물은 뭐야……?!"

"아니, 그보다 아이들은 무사해?!"

주위에 있던 어른들이 황급히 라비와 다이애나 곁으로 모여들었다.

나도 다른 사람들 뒤에서 라비의 상태를 살폈다.

다치지는 않은 것 같아서 안도했다.

"아가씨들, 괜찮아?"

"으, 응……."

라비와 다이애나는 겁먹은 얼굴로 서로 꼭 붙어 있었다.

지금 당장 달려가서 안아 주고 싶지만 나는 모습을 감추고 있는 상태였다.

그런데—.

"라비, 방금 그거 뭐였을까……?! 신기한 바람이 우리를 지켜 준 것 같았어!"

"……."

"……라비? 멍하니 왜 그래?"

라비는 다이애나의 부름에 반응하지 않고 나를 빤히 올려다봤다.

……음?

어떻게 된 거지.

설마 라비에게는 내가 보이나……?

……아니, 그럴 리 없지.

스텔스 스킬은 아직 풀지 않았다.

그러니 라비가 내 존재를 인식할 수 있을 리 없었다.

그래도 라비는 내게서 조금도 눈을 떼려고 하지 않았다.

역시 이상했다.

의미도 없이 긴장해서 숨을 꼴깍 삼켰다.

"……아빠, 거기 있어……?"

"……!"

라비가 물었다.

똑바로 바라봐서 계속 숨어 있을 수 없었다.

스텔스 스킬을 해제하고 라비 앞에 모습을 드러냈다.

주위에 있던 사람들이 갑자기 나타난 나를 보고 눈을 동그랗게 떴다.

라비만이 동요하지 않고 작은 목소리로 「역시나……」 하고 중얼거렸다.

마침 그때, 소란을 듣고 에이허브가 여관에서 뛰쳐나왔다.

아빠의 모습을 보자마자 울음을 터뜨린 다이애나를 에이허브가 껴안았다.

다이애나는 에이허브에게 맡기고 나는 라비 앞에 무릎을 꿇었다.

"라비, 무사해서 다행이야."

"아빠……."

"그리고 미안해……. 네가 걱정돼서…… 계속 옆에 있었어. 용서해 줘."

나는 라비를 향해 고개를 숙였다.

"아빠, 사과하지 마……. 아빠가 도와주지 않았다면 나는 마차에 치였을 거야……. 아빠, 고마워."

"……몰래 따라다녔는데 용서해 주는 거야?"

"나는 싫다고 생각 안 해……. 왜냐하면 아빠는 나를 지켜 준 거잖아……?"

"라비……."

내가 안도의 숨을 내쉬며 어깨에서 힘을 빼자 라비가 어리광 부리듯 팔에 달라붙었다.

참지 못하고 라비를 안아 들었다.

정말로 라비는 내게 아까울 정도로 착한 아이다.

"라비. 내가 있는 줄 어떻게 알았어? 내가 보였어?"

"아니. 하지만 아빠가 있는 것 같았어. 상냥하고 따뜻한 느낌이 들어서……."

"그래……."

"그리고 이거…… 살짝 떨어뜨렸지만……. 아빠 거야……. 항상 고마워……."

교회 뒤편에서 딴 들꽃을 라비가 내밀었다.

"고마워, 라비. 소중히 여길게."

나는 기쁨에 가슴이 벅차오르는 것을 느끼며 작은 꽃을 받았다.

15화 아저씨, 엄청난 카드를 꺼내다

Enjoy new life
With my daughter

“더글러스, 고마워……! 간발의 차이로 아이들을 구해 준 사람이 너지?”

『돼지의 밤울음』 방으로 돌아온 뒤, 에이허브는 정식으로 내게 감사 인사를 했다.

여관 뒤편에서 작업하던 그의 아내도 뒤늦게 달려와서 부부가 몇 번이고 고맙다고 인사해서 곤란했다.

“어떻게 감사를 표해야 할지…….”

“정말로 이제 신경 안 써도 돼. 딱히 대단한 일을 한 건 아니야.”

“그럴 리가 없잖아! 목격한 사람들이 난리였어. 신기한 바람이 일어나서 아이들이 살아났나 싶더니 더글러스 포드가 갑자기 나타났다면서 말이야.”

라비를 지켜볼 때는 스텔스 상태라 남들에게 안 보인다고 생각했기에 나는 변장을 풀고 있었다.

그래서 그 자리에 있던 사람들에게 더글러스라는 것을 들키고 말았다.

하지만 생각해 보면 오히려 잘된 일일지도 모른다.

“스텔스 스킬로 숨은 채 바람 마법을 썼다며. 『전설의 「스킬 이중 사용」을 봤다!』라면서 다들 난리였어. 보이지 않았으니까 『봤다』는 표현은 부자연스럽지만 말이지!"

"하하하……. 뭐, 그렇지."

이미 기사화되어 이 도시 사람들은 내가 스킬 이중 사용이 가능하다는 것을 알고 있었다.

만약 변장한 상태로 스킬 이중 사용을 했다면 길거리 공연가 같은 괴짜 아저씨가 더글러스라고 들통났을 것이다.

그 변장에는 신세 지고 있기에 되도록 들키고 싶지 않았다.

게다가 매일 하다 보니 약간 애착이 생기고 있었다.

"그 신기한 바람이 아저씨의 마법이었어?! 아저씨, 도와줘서 고마워!"

다이애나가 나를 향해 머리를 꾸벅 숙였다.

"맞다, 꽃병! 엄마, 남은 꽃병 있어?"

"그래, 꺼내 줄게."

"라비, 우리도 가자!"

라비가 내 쪽을 확인했다.

가도 된다는 의미를 담아 고개를 끄덕였다.

방을 나가는 세 사람을 보며 에이허브는 자기 자신이 부끄럽다는 얼굴로 어깨를 축 떨궜다.

"너보고 과보호라고 한 내가 바보였어……. 네가 옳았어……. 아이 걱정은 조금 과한 정도가 좋은 거였어. 하지만 곤란한데……. 늘 애들을 따라다니는 건 불가능해."

"음……."

이번에 숨어서 지켜본 결과, 이건 라비의 사생활을 침해하는 행위라고 통감했다.

라비는 싫지 않다고 말해 줬지만 오늘 같은 일을 계속하는 것은 문제다.

어떻게 하면 마땅한 방법으로 라비를 지킬 수 있을까?

모습을 숨기지 않고 따라다니는 것도 틀렸다.

아이들끼리 노는 곳에 늘 어른이 따라다니면 성가실 것이 뻔하다.

내가 따라다녀서 애들이 라비랑 같이 놀지 않으려고 한다면…….

아니, 그건 안 돼……!

딸의 행복과 기쁨을 빼앗는 아빠가 돼서는 안 된다.

생각하자.

라비를 지킬 수 있는 가장 좋은 방법을 찾아내는 거다.

나는 팔짱을 끼고 필사적으로 머리를 굴렸다.

내가 없을 때도 라비가 안전하게 지내려면—.

……나 대신 라비를 지켜 줄 존재가 있으면 되지 않을까?

"맞아. 『방범용 마법 쿠쿠새』를 손에 넣으면 돼!"

"『방범용 마법 쿠쿠새』라고?! 요인을 경호할 때 쓰는 마도구 말이야……?!"

"그래. 그거라면 위험이 닥친 순간, 떨어져 있는 내게도 바로 알려 줘. 게다가 귀청이 떨어질 듯한 소리로 울어 재껴서 주위 사람들에게도 위험을 알려 주잖아?"

거기다 쿠쿠새는 날카로운 부리로 적을 격퇴해 주기도 한다.

"부모 대신 아이를 지키기에는 안성맞춤인 마도구야."

"하지만 『방범용 마법 쿠쿠새』는 꽤 특수한 마도구야. 만들 수 있는 장인은 한정적이고, 취급하는 가게도—."

그 순간, 에이허브가 숨을 헉 삼켰다.

"—『발자크 마도구점』에 가려고?"

설마설마하는 느낌으로 물었다.

그 물음에 나는 분명하게 고개를 끄덕여 대답했다.

"그 가게라면 분명 취급할 거야."

내 대답을 들은 순간, 에이허브는 한숨을 쉬고 머리를 싸맸다.

"그야 확실히 가능성은 커. 하지만 어떻게 들어가려고?! 그곳은 『폐쇄된 마도구점』이야."

발자크 마도구점.

왕국 제일의 마도구점이라고 불리는 곳이다.

상품의 질은 물론이고, 특별히 희귀한 도구를 취급하는 것으로 유명했다.

단, 이 가게는 손님을 가려 받았다.

가게는 창문도 문도 없는 석조 독채였고 간판조차 없었다.

그 폐쇄된 가게에 어떻게 들어가는가.

가게 주위에 『도전의 문』이라고 불리는 전송 게이트가 설치되어 있고, 입점 희망자를 시험하기 위한 특수한 마법이 걸려 있었다. 가게 주인이 준비한 시련을 훌륭하게 클리어한 자만이 입점을 허락받고 발자크 마도구점의 회원증을 받는다.

"회원이 된 사람은 과거 마왕을 토벌한 역대 용사밖에 없다고 들었어!"

"회원증이라면 가지고 있어."

"뭐……?!"

"젊었을 때 만들고 몇 번 이용한 적이 있거든."

"이봐이봐, 그게 정말이야……?!"

믿을 수 없다는 눈으로 에이허브가 나를 보았다.

나는 사실임을 증명하기 위해 수첩에 끼워 뒀던 회원증을 꺼냈다.

새까만 카드의 중앙에 『발자크 마도구점 회원 번호 0007』이라고 적혀 있었다.

"대단하다……. 쟁쟁한 사람들이 회원이라고 들었는데……. 심지어 회원 번호가 한 자릿수야……."

"다만 그 가게는 3년에 한 번 회원증을 갱신해야 해."

나는 카드를 뒤집어 뒷면을 확인했다.

"음. 역시 유효 기간이 지났어. 갱신 절차를 위해 다시 시련을 클리어해야겠네."

"뭐라고?! 시련이라면 카드를 받았을 때와 비슷한 일을 당하는 거야?!"

"그래, 맞아. 똑같은 수준의 시련에 도전해야 해. 하지만 문제없어. 이 회원증을 갱신하는 건 벌써 네 번째니까."

"……! 더글러스……. 굉장한 녀석이라고 생각은 했지만, 진짜로

차원이 달랐구나……."

에이허브는 그렇게 말하고서 존경하는 눈길을 내게 보냈다.

16화 아저씨, 선택받은 자만이 지날 수 있는 문을 수월하게 클리어하다

이튿날.

나는 당장 발자크 마도구점으로 향했다.

평소처럼 라비도 같이 갈 거냐고 물었더니 여관에서 기다리겠다고 했다.

에이허브가 상당히 위험하다고 떠드는 것을 듣고 걸리적거리지 말아야겠다고 생각한 것 같았다.

나는 라비의 머리를 쓰다듬고 되도록 빨리 돌아오겠다고 약속했다.

"응, 아빠, 다치지 마……."

라비 쪽에서 꼭 안겼기에 마주 안아 주었다.

세상의 아빠들은 귀여운 제 자식을 두고 일하러 나갈 때 항상 이런 기분을 느끼는 건가…….

아무튼 1초라도 빨리 라비 곁으로 돌아오자.

나는 떨어지지 않는 발걸음을 떼어 여관을 뒤로했다.

◇◇◇

도시 북쪽에 펼쳐진 황야.

곧 무너질 것처럼 생긴 기둥 두 개가 그곳에 서 있다.

하지만 겉모습에 속아서는 안 된다.

강력한 마법이 걸려 있는 그 기둥이 바로 발자크 마도구점으로 이어지는 『도전의 문』이었다.

정해진 대로 문을 만지고 비밀의 말을 읊었다.

이 방법을 모르면 도전조차 할 수 없었다.

“『문의 수호자. 깨어나 나의 도전을 받아라.』”

그 직후, 주위에 마법 안개가 자욱해졌고 안개 속에서 땅울림이 들려왔다.

『음? 오랜만에 보는 얼굴이군. 몇 년 만의 도전인가. —선택받은 강자만이 이 문을 지날 수 있다. 그대의 힘을 나에게 증명하라.』

돌기둥에 새겨진 얼굴이 나에게 말했다. 그와 동시에 재차 무시무시한 진동이 일며 여러 발소리가 다가왔다.

이윽고 안개 너머에서 반짝반짝 빛나는 거대한 은색 골렘들이 나타났다.

주변 일대를 가득 메울 만큼 수가 많았다. 얼추 100개는 될까.

순식간에 내 주위를 빙 둘러쌌다.

이것 참. 터무니없는 괴물을 준비했네.

특히 저 은색 몸—.

골렘들의 몸은 특수한 마광물로 만들어져 있었다.

저번에는 인간만큼 큰 개미 군대가 덮쳤었는데 이번에도 귀찮은 적이 나타났다.

통상적인 골렘도 보통은 파티를 짜서 일제히 공격해야 쓰러뜨릴 수 있다.

그런 골렘을 특수 마광물 중에서 최강의 경도를 자랑하는 『은색 마광석』으로 만들다니…….

심지어 100기를 상대해야 했다.

이 가게는 돈이 참 많구나.

나는 그렇게 생각하며 일단 우선 마법 배리어를 쳤다.

『흥. 골렘의 일격은 물리 공격. 마법 배리어로는 막을 수 없다.』

돌에 새겨진 얼굴이 나를 비웃었다.

나는 아랑곳하지 않고 문도 마법 배리어로 보호했다.

『뭐 하는 거지……?』

"이건 골렘의 공격을 막기 위한 배리어가 아니야."

배리어를 친 채 나는 불 마법을 영창하기 시작했다.

《화염의 성령, 분노의 불꽃을 나에게 빌려주소서.》

『단순한 불 마법을 쓰겠다고? 그래 봤자 뭐가 달라진다고―.』

……오랜만이네.

최대 화력으로 마법을 쓰는 건.

나는 모든 신경을 집중하여 골렘 무리의 중심지에서 마력을 해방했다.

《불 마법 샐러맨더!!》

『아니……?!』

그 순간, 굉음이 일며 맹렬한 열풍과 함께 대폭발이 일어났다.

"후우. 어떻게든 됐네."

주위가 깡그리 타 버릴 정도의 위력.

이곳이 풀 한 포기 없는 황야라 다행이었다.

덕분에 힘을 조절하지 않아도 됐으니까.

무수한 골렘들이 산산이 조각나 날아갔다.

몸의 중앙에 있는 핵도 남김없이 파괴되었다.

이거면 됐다. 한 대도 맞고 싶지 않으니 말이지.

골렘의 주먹을 맨몸뚱이로 맞으면 인간은 뼈도 추릴 수 없다.

『……대, 대단하군. 역시 더글러스 포드. 나의 시련을 이토록 빨리 클리어하다니…….』

문이 감탄한 어조로 중얼거렸다.

듣고 보니 확실히 지금껏 치른 시험 중에서 가장 빨랐다.

라비 곁으로 어서 돌아가고 싶어서 나도 서두르긴 했지만, 그렇다고 해도 굉장히 싱겁게 끝났다.

시련의 수준이 낮아진 듯한 인상마저 받았다.

고개를 갸우뚱하고 있으니 문의 수호자가 마법을 해제한 듯했다.

두 기둥 사이에 존재하지 않았던 문이 나타났다.

내가 입구로 다가가려고 하자 갑자기 문이 벌컥 열렸다.

그리고 소인족 쌍둥이가 튀어나왔다.

키는 내 무릎에도 오지 않을 만큼 작았다.

삼등신이고 소녀처럼 생겼지만 이 쌍둥이는 300살을 넘겼다.

평균 수명이 1000살이라고 하는 소인족 쌍둥이의 외모는 예전에

만났을 때와 거의 비슷했다.

검은 테 안경을 쓴 쪽이 에스더.

앞머리를 핀으로 고정한 쪽이 캐리.

이 쌍둥이가 『발자크 마도구점』의 주인이었다.

"맙소사~! 도전의 문을 역대 최단 시간으로 클리어해 버린 게 누구야~?!"

"전대미문이양!! 이렇게 간단히 클리어해 버리면 가게의 체면이 안 서잖앙!!"

"응?"

"아?!"

씩씩거리며 뛰쳐나온 두 사람이 나를 보고 눈을 동그랗게 떴다.

"더글러스 포드?!"

"당신이었엉?!"

"자신감이 떨어질 뻔했지만, 더글러스 씨라면 납득이야~."

"최근에는 기개 없는 녀석들뿐이었엉. 그것도 조용해서 좋았지만."

"둘 다 오랜만이야. 그런데 도전의 문 난이도를 낮췄어? 되게 싱겁게 클리어됐는데……."

"그럴 리가 없잖아~?!"

"더글러스 씨가 또 강해진 거양!"

나는 예전과 다름없다고 생각하는데……. 볼일을 끝내고 한시라도 빨리 라비 곁으로 돌아가고 싶으니 본론으로 들어가자.

"내 회원증을 갱신해 주겠어?"

"물론이징. 확실하게 시련도 클리어했고!"

"우리 도구를 나쁜 일에 쓰지도 않고! 당신이라면 대환영이야~! 자, 카드를 꺼내."

에스더가 안경을 추켜올리고서 손을 내밀었다.

검은 카드를 건네자 캐리가 작은 손을 카드 위로 들고 주문을 외웠다.

그러자 카드 뒷면의 글자가 연기처럼 공중에 떠올랐고, 다시 카드에 돌아갔을 때는 날짜가 3년 뒤로 갱신되어 있었다.

이로써 유효 기한이 3년 늘어났다.

지금 건 마법에 의해 다음번부터는 문에 카드를 대기만 해도 입구가 열린다.

"오늘 온 목적은 회원증 갱신이야? 아니면 물건도 사 갈 거양?"

캐리가 발자크 마도구점의 문을 열어 줬지만 나는 안으로 들어가지 않았다.

"아니, 물건은 다음에 살게."

실제로 구입할 때는 라비도 데려올 생각이었다.

회원증만 갱신하면 다음에 올 때는 아무런 위험도 없다.

마도구점 안에는 신기한 도구가 가득했다.

좀처럼 볼 기회가 없는 물건들뿐이니 이왕이면 라비에게 보여 주고 싶었다.

다만『방범용 마법 쿠쿠새』의 가격은 물어보자.

발자크 마도구점에서 취급하는 마도구는 아주 희귀하기도 해서 전부 매우 값비쌌다. 아마 보수가 좋은 퀘스트에 몇 번 나가야 할 테니 먼저 금액을 알아 두고 싶었다.

"『방범용 마법 쿠쿠새』 재고는 있어? 그리고 가격도 알려 줘."

"주문해야겠지만 확보는 가능해~."

"근데 『방범용 마법 쿠쿠새』가 필요하다니, 공주님이라도 경호하는 거양?"

"덧붙여 가격은 아주 비싸서 금화 100닢이야~."

금화 100닢이면 집을 살 수 있는 가격이었다.

"그래? 알겠어. 준비해 올게."

아니나 다를까. 역시 고액 퀘스트를 몇 번 받아야겠다.

그래도 라비를 지키기 위해서라면 싼 편이었다.

나는 며칠 후에 다시 오겠다고 하고서 발자크 마도구점을 뒤로 했다.

17화 아저씨, 너무 강해서 신원이 들통나다

Enjoy new life
With my daughter

발자크 마도구점 회원증을 갱신한 나는 서둘러 귀로에 올랐다.

라비는 뭐 하고 있을까?

혼자 여관을 나선 지 두 시간쯤 지났을 뿐인데 얼른 라비의 얼굴이 보고 싶었다.

여관을 나설 때, 라비는 미소 지으며 다녀오라고 말해 줬다.

돌아가면 어서 오라면서 웃어 주려나.

내가 생각하기에도 상당히 팔불출이기는 했다.

최근 그 팔불출 기질이 점점 심해지고 있다는 자각도 있었다.

진짜 가족이 되자. 그렇게 결심하기 전에는 애정을 쏟는 것도 조심스러웠었다.

아빠와 딸인 척하고 있을 뿐이니 너무 간섭하면 라비도 곤혹스럽겠지. 그렇게 생각했었다.

하지만 이제 나와 라비는 진짜 가족이다.

사양하지 않아도 된다고 생각하자 갑자기 의욕이 넘쳐 났다.

그렇게 생각하며 여관에 돌아오니—.

『돼지의 밤울음』 앞에 많은 사람이 모여 야단법석을 떨고 있었다.

마치 곧 퍼레이드라도 시작될 것처럼 혼잡했다.

이건 대체 무슨 상황이지.

웬 소란이야……?

"아!! 돌아왔어!!"

"기자 말이 맞았어! 『돼지의 밤울음』으로 돌아왔다는 건 역시?!"

내 주위로 사람들이 달려왔다.

"……!"

발자크에 도착했을 때와 똑같은 상황이었다.

지금은 확실하게 변장하고 있는데, 영문을 알 수 없었다.

"골렘을 혼자서 쓰러뜨리는 사람이라니 처음 봤어!!"

"심지어 그 많은 골렘을!!"

"차원이 다른 마법 위력이었어!"

"멀리서 봐도 박력이 대단했어~!!"

"……."

흥분해서 마구 떠드는 사람들의 말을 듣고 조금씩 상황을 이해했다.

그랬구나. 골렘과 싸우는 모습을 목격한 건가.

확실히 휑한 황야에서 그런 거대한 몬스터와 싸웠으니 다소 난리가 나도 어쩔 수 없었다.

하지만 그래도 역시 사람들이 너무 많이 모인 것 같았다.

곤혹스러워하며 주위를 둘러보자 저번에 봤던 북새통 마법 인쇄상회의 기자가 사람들을 헤집고 내 앞으로 왔다.

"깜빡 속았습니다. 명예롭게 개선한 사람이 변장하여 모습을 감출 줄이야……. 하지만 골렘과 싸우는 모습을 보고 눈치챘습니다! 당신이 더글러스 씨였군요!!"

"……?!"

갑자기 내 이름이 나와서 가슴이 철렁 내려앉았다.

확실하게 변장했는데 어떻게 된 거지…….

"무, 무슨 소리야……. 사람 잘못 봤어……. 내, 내 이름은 더글러스가 아니야. 지나가던 길거리 공연가야……."

"당신은 자신이 얼마나 특별한지 모르시나요? 더글러스 포드는 유일무이한 존재입니다!! 그렇기에 당신은 이렇게나 인기가 있는 거예요! 안 그런가요? 여러분도 그렇게 생각하죠?!"

기자는 그렇게 말하고 주위를 둘러보았다. 사람들이 일제히 고개를 주억거렸다.

"슬슬 우리의 영웅이라는 걸 받아들여 주세요! 크게 퍼레이드를 하죠. 더글러스 씨의 사인을 갖고 싶어 하는 사람들도 아주 많아요. 사인회와 악수회도 합시다. 우리 인쇄 상회가 접수를 맡을 테니 독점 취재로 부탁합니다!"

기자의 말에 동의하듯 사람들이 박수갈채했다.

기대에 찬 눈, 나를 영웅이라고 칭하는 목소리.

퍼레이드에 사인회라고……?!

저, 절대로 무리야…….

하지만 얼버무리는 것도 한계인 듯했다. 거짓말을 하면 할수록 상황이 악화되는 것 같았다.

"아, 아아, 그렇지! 이, 이이이일과인 장비 점검 시간이야! 마대에 콩이 몇 개 들었는지 세야 해!"

"앗! 더글러스 씨!"

"아아, 바쁘다, 바빠!"

"아니, 콩 개수까지 셀 필요는 없잖아요?! 더글러스 씨!!"

기자와 사람들이 붙잡듯 내 이름을 불렀다.

나는 그에 대답하지 않고 도망치듯 『돼지의 밤울음』에 들어갔다.

사람들은 그래도 여관 안까지는 들어오지 않았다. 정말로 진이 다 빠져 버렸다.

"하하하. 곤란하게 됐네, 더글러스."

가게를 정리하던 에이허브가 녹초가 된 나를 보고 히죽히죽 웃었다.

"그러니까 말이야. 나는 한시라도 빨리 라비를 보고 싶은데."

"위층에서 네가 돌아오기를 기다리고 있어."

나는 서둘러 계단을 뛰어 올라갔다.

방문을 여니—.

"아빠……!"

"라비!"

방 안 러그 위에서 다이애나와 인형 놀이를 하던 라비가 번쩍 시선을 들었다.

라비의 얼굴에 기쁨이 한가득 퍼졌다.

"다녀오셨어요……!"

들고 있던 인형을 두고 일어난 라비가 내 곁으로 달려왔다.

"다녀왔어."

가볍게 두 팔을 벌리자 당연하다는 듯 작은 덩어리가 폭 안겼다.

사랑스러움이 북받쳐서 절로 미소가 지어졌다.

"라비. 착하게 있었어?"

"응. 있지, 다이애나랑 그림도 그리고, 인형 놀이도 했어……."

"그랬구나, 그랬구나!"

열심히 설명하는 라비가 참을 수 없이 귀여웠다.

나는 행복한 기분을 곱씹었다.

영웅으로 있을 때가 아니다.

퍼레이드라니 내게는 과분하다.

이 아이의 아빠로서도 아직 신참이니까.

내가 바라는 것은 이 사소한 행복뿐이다.

나는 따뜻한 라비의 몸을 마주 안으며 라비가 오늘 뭐 하며 보냈는지를 찬찬히 듣기로 했다.

18화 아저씨와 소녀, 대부호의 의뢰를 맡다

Enjoy new life
With my daughter

이튿날.

나는 라비를 데리고 정보상 드워프, 햄에게 갔다.

일을 알선받아 『방범용 마법 쿠쿠새』를 살 돈을 마련하기 위해서였다.

그렇게 가는 길이 꽤 힘들었다.

여관 앞에는 아침부터 많은 사람이 모여 있었고, 나와 라비의 뒤를 졸졸 쫓아왔다.

새로운 변장 도구를 준비하거나 어떤 대책을 세워야겠어…….

나는 한숨을 쉬며 정보상으로 들어갔다.

목제 문 너머에는 돌계단이 지하까지 이어져 있었다.

햄의 일터는 지하에 있었다.

나는 라비의 손을 이끌고 지하로 이어지는 서늘한 나선계단을 내려갔다.

"안녕, 햄."

책상 앞에 앉아 있던 햄이 일어나 걸어왔다.

방의 중앙에는 응접용 소파가 놓여 있었고 우리는 그곳으로 안내되었다.

"마침 오늘 널 만나러 가려고 했었어. 엇갈리지 않아서 다행이군."

"나를?"

"그래. 너한테 딱 맞는, 아니, 너 말고는 적임자가 없는 의뢰가 어젯밤 늦게 들어왔거든."

"어떤 일인데?"

"대부호의 의뢰야. 보수도 상당히 좋아. 놀랍게도 금화 50닢이지!"

"위험한 일인가?"

"아니, 사람을 찾는 의뢰야."

그런 것치고는 보수가 너무 좋았다.

아마 단순한 수색 의뢰는 아닐 것이다.

"……유괴인가?"

그럴 가능성이 컸다.

하지만 햄은 간단히 부정했다.

"유괴도 아니야. 가출한 대부호의 딸을 찾아 달라더군."

딸이 가출……?

갑자기 남의 일 같지 않아졌다.

"자세히 들려줘."

"그래, 알겠어."

햄이 들려준 설명을 정리하면 이러했다.

대부호 톨킨의 딸 브리지트가 며칠 전에 가출했다.

브리지트는 17세.

가출은 이번이 두 번째.

평소에도 아빠와 말다툼이 끊이지 않았다는 모양이다.

그 딸을 찾아서 데려오는 것이 의뢰 내용이었다.

“며칠 전부터 행방이 묘연하다면 꽤 광범위를 찾아야 하는 거 아니야?”

“아니, 그게 아무래도 도시 주변에는 있는 것 같아.”

“부근에 있는데 못 찾는다고?”

“딸이 환술 스킬 사용자를 고용한 모양이라서 말이지.”

“그렇군. 귀찮게 됐네.”

환술사가 건 스킬을 해제하면서 딸에게 접근해야 하는 건가.

저주 등과 마찬가지로 타인이 쓴 스킬에 개입하여 그것을 해제하려면 매우 고도의 기술이 필요하다.

“그런 이유로 웬만한 모험가는 딸을 찾아낼 수조차 없어. 참고로 우리 쪽으로 일이 들어오기 전에 모험가 길드에서 소개받은 모험가가 이 의뢰를 맡았었는데 그 녀석은 바로 잘렸어.”

“왜 잘렸지?”

“딸을 기절시켜서 데려가려고 했거든. 결국 도중에 깨어난 딸이 도망쳐서 실패로 끝났지만, 그 모험가는 대부호의 노여움을 사서 엄청난 일을 당했다더군.”

“소중한 딸에게 위해를 가했다면 그야 어떤 아버지든 화내겠지…….”

“그래그래. 넌 그런 점이 좋지.”

햄은 턱수염을 만지며 들뜬 목소리로 말했다.

“그런 일이 있어서 대부호는 의뢰 내용에 조건을 추가하게 됐어.

『딸에게 위해를 가하거나 난폭한 방법으로 데려오는 것을 금한다』라고."

"지금은 길드에서 관리하는 의뢰가 아니게 된 건가?"

"그 후 길드에서 소개한 모험가들이 전부 험악한 남자들이라……. 환술사에 대항할 수 있을 만한 사람이 그런 인간들밖에 없었다나 봐."

"그랬군……."

"대부호는 험악한 모험가에게 의뢰하는 데 질려 버렸어. 그래서 길드에서는 어떻게도 할 수 없어서 내 쪽으로 일이 넘어오게 된 거야."

"나도 대부호가 싫어하는 부류의 인간 아닌가……?"

빈말로도 온화하게 생긴 얼굴이라고는 하기 어려웠다.

하지만 햄은 무슨 소리냐는 듯한 표정을 짓고서 나를 빤히 보았다.

"너, 혼자 일을 받으러 가지는 않을 거잖아?"

"음?"

햄은 나를 보고 나서 라비에게 시선을 보냈다.

"환술 해제 스킬을 가지고 있는 데다가 딸을 예뻐 마지않는 애 딸린 남자. 이번 일에 이토록 적임인 녀석은 또 없겠지."

그렇군.

햄의 말이 맞다.

아직 신참 아빠지만 딸을 아끼는 마음이라면 누구에게도 지지 않을 자신이 있다.

"일을 받을 거면 우선 토이 베리로 가 줘. 대부호의 저택은 토이 베리에서 가장 큰 저택이야. 거기 가서 본인에게 자세한 이야기를 듣도록 해."

토이 베리는 바다와 인접한 관광지다.

발자크에서 갈 거면 배를 타고 모로강으로 이동하는 게 제일이다.

한나절 정도면 도착할 것이다.

일을 맡는다면 발자크를 한동안 떠나게 된다.

시끄러운 지금 상황을 생각하면 그편이 좋을 듯했다.

용사 앨런에 관해서는 일단 문제없다.

도시 게시판에 돌아오면 연락해 달라고 전언을 남겨 둘 수 있다.

반지 관련으로 할 이야기가 있다고 써 두자.

앨런이 그걸 보고서도 내게 연락하지 않는다면 반지를 돌려주는 건 그냥 포기하자. 언제까지고 앨런과의 문제를 신경 쓰고 있을 수는 없다.

내게는 라비와의 소중한 생활이 있다.

"자, 어쩔래? 토벌 의뢰와 비교하면 위험도는 단연코 낮아. 그 점에 관해서는 상당히 괜찮은 일이야."

『방범용 마법 쿠쿠새』의 가격은 금화 100닢.

금화 50닢을 받을 수 있다면 『방범용 마법 쿠쿠새』를 살 돈의 절반이 단숨에 모이게 된다.

그리고 보수를 제쳐두더라도, 가출한 딸 때문에 애태우는 아버지라니…….

역시 남의 일 같지 않았다……. 만에 하나 라비가 가출한다면…….

생각만 해도 가슴이 꽉 죄어들었다.

무, 무서운 상상은 그만하자…….

나는 나쁜 망상을 털어 내기 위해 고개를 흔들고 라비를 보았다.

"라비, 어떻게 생각해? 이 일을 받는다면 며칠간 발자크를 떠나게 돼."

"나도 아빠랑 같이 가도 돼……?"

"물론이지. 널 두고는 안 가."

라비가 안도하여 배시시 웃었다.

"아빠랑 같이 있을 수 있어서 기뻐……."

"라비……!"

내 딸이지만 진짜로 귀엽다.

무심코 안아 들고 위로 번쩍 올렸다. 라비가 까르르거리며 밝게 웃었다.

행복한 공기가 우리를 감쌌다.

"크, 크흠……. 그럼 맡는 것으로 알고 저쪽에 연락해 두지."

어이쿠, 이런. 햄의 존재를 잊고 라비와 놀고 말았다.

나는 그렇게 해 달라고 말하고서 라비에게 미소 지었다.

19화 아저씨와 소녀, 첫 선박 여행

Enjoy new life with my daughter

이튿날 아침, 나는 아직 어두울 때 일어나 나갈 채비를 했다.

라비는 아직 침대에서 자고 있었다.

이 시간에 깨우기는 가엾다.

"라비, 미안. 아직 아침에는 쌀쌀하니까 코트를 입어 줘."

"응……."

잠에 취한 라비에게 말해서 어떻게든 코트를 입혔다.

라비가 입을 쩝쩝거렸다.

뭔가 먹는 꿈을 꾸는 듯해서 나도 모르게 살짝 웃고 말았다.

준비가 다 되어 그대로 안아 들자 라비는 내게 달라붙은 채 다시 잠들어 버렸다.

내 품속에서 완전히 안심해 주는 것이 기뻤다.

나는 라비의 가방을 내 어깨에 걸치고 실내를 둘러보았다.

좋아, 잊은 물건은 없네.

확인하고 나서 조용히 문을 닫고 슬그머니 계단을 내려갔다.

여관 주인인 에이허브에게는 며칠간 일하고 오겠다고 이미 설명해 뒀다.

이 방은 우리가 언제 돌아와도 괜찮도록 비워 두겠다고 했다.

『돼지의 밤울음』 밖으로 나오자 거리는 아직 어둑어둑하고 고요했다.

최근 소란 속에서 살았기에 안도했다.

모로강의 선착장에 도착하니 여러 배가 떠 있었다.

아침 장에 가는 배들은 강 중간을 천천히 지나갔다.

배 위에 있던 남자들이 나를 가리키며 뭐라고 떠들었다.

나는 라비를 고쳐 안으면서 허둥지둥 코트의 후드를 깊이 눌러썼다.

자의식 과잉 같아서 부끄럽지만, 여느 때 같은 사태가 벌어지면 라비가 깬다.

멋쩍은 기분으로 「프린스브리즈호」라는 이름의 범선을 찾았다.

햄이 소개해 준 선장이 발자크에서 실은 짐과 함께 우리를 토이베리까지 태워다 주기로 되어 있었다.

"이봐~ 여기야, 여기."

목소리가 들린 쪽을 올려다보니 머리가 도마뱀인 거한, 리자드맨이 배 위에서 손을 흔들고 있었다.

선복을 확인하자 액막이인 눈알 모양 옆에 「프린스브리즈호」라고 적혀 있었다.

그렇군, 저 남자가 햄이 소개해 준 선장인 모양이다.

"기다리고 있었어. 자, 올라와."

나는 라비를 안은 채 배에 올랐다.

"나는 비아조. 이 배의 선장이야. 햄에게 얘기는 들었어. 토이 베리까지 태워다 주면 되지?"

"그래, 잘 부탁해."

"나야말로."

비아조가 초록색 손을 내밀었다.

그 손을 잡고 악수하자 그는 명랑하게 웃으며 힘 있게 맞잡았다.

"신문 봤어. 온 도시 사람들이 구경꾼이 되어 야단법석을 떨어서 당신도 힘들었지? 어딜 가도 당신 얘기뿐이야. 마치 축제 때처럼 다들 들떠 가지고 말이야."

비아조는 동정한다는 얼굴로 말하고서 내 어깨를 툭툭 두드렸다.

"미안……. 폐를 끼치고 있네……."

"당신이 사과할 일은 아니야. 피해자나 마찬가지잖아? 내가 보기에 주민들의 태도는 정상이 아니야. 자신이 반대 입장이면 어떤 기분일지 전혀 생각을 안 해. 좋은 일을 해서 유명해진 사람이 불쾌한 일을 겪는 건 이상하잖아."

비아조는 마치 자기 일처럼 화내 줬다.

방금 만난 사이지만, 그것만으로도 비아조가 좋은 녀석이라는 건 알 수 있었다.

비아조와 그런 이야기를 하고 있으니 품속에서 자던 라비가 꼼지락꼼지락 움직이기 시작했다.

"우으……."

"일어났어? 좋은 아침."

"아빠…… 좋은 아침……."

눈을 뜬 라비는 잠이 덜 깬 얼굴로 주위를 두리번두리번 둘러보았다.

"어라……? 으음……."

"여기는 배 위야. 토이 베리로 가고 있어."

"배……! 굉장해……!"

라비의 커다란 눈이 번쩍 뜨였다.

안고 있던 몸을 내려 주자 배의 난간으로 달려갔다.

"오, 딸아이도 일어났나. 안녕."

"……! 아, 안녕하세요……."

선장이 말을 걸자 라비가 어깨를 움찔했다.

순식간에 경계심을 드러낸 작은 동물 같은 표정이 되어 버렸다.

선장은 「이런. 겁먹게 만들었나 보네」 하고 중얼거리고서 코끝을 긁적였다.

"라비, 이 사람은 선장님이야. 우리를 토이 베리까지 데려다줄 거야."

"선장님……."

"안전하게 데려다줄 테니까 걱정하지 마."

라비는 비아조의 말에 고개를 끄덕이고서 나를 올려다보았다.

"아빠…… 강, 봐도 돼……?"

"그래, 하지만 조심해야 한다?"

"네~."

라비가 배에서 떨어지지 않도록 나도 바로 옆에서 지켜봤다.

"와아……!"

"배는 처음 타 봐?"

“응, 처음이야……! 영차…….”

배의 난간을 짚은 라비가 필사적으로 까치발을 들었다.

강을 보고 싶은 듯했다. 하지만 키가 작아서 난간 밖으로 얼굴을 내밀지 못했다.

나는 웃으며 라비를 안아 들었다.

“이렇게 하면 잘 보이지?”

“응……! 잘 보여……! 아빠, 고마워……!”

육지에서 보는 강과 배 위에서 보는 강은 다르다.

머리카락을 흔드는 습한 바람, 때때로 솟구치는 물보라, 파도 소리.

그것들은 선상에 선 자의 가슴을 뛰게 하며 신선한 기쁨을 준다.

라비는 몇 번이나 굉장하다고 중얼거리며 기쁘게 나를 돌아보았다.

“아빠, 물이 반짝거려……!”

“아아, 그러게.”

정말로 기쁜 듯이 라비가 말했다.

이 일을 맡길 잘했다.

기뻐하는 라비를 사랑스럽게 느끼며 나는 그렇게 생각했다.

20화 아저씨와 소녀, 리자드맨 선장에게 생선을 대접받다 ~갓 잡은 신선한 활어회~

태양이 정상에 가까워졌을 무렵, 프린스브리즈호를 둘러싼 공기가 달라졌다.

바다 냄새가 농후해지며 습해졌다.

바다가 가까웠다.

"이 근처의 물은 이미 바닷물이야. 사는 물고기도 바닷물고기고. 오! 그래. 곧 있으면 점심때이니 생선을 잡아 줄게."

비아조는 수면을 향해 기다란 혀를 쭉 뻗었다.

첨벙하며 물보라가 일었다.

잠시 후 물속에서 나타난 혀에는 생선이 감겨 있었다.

그러기를 몇 번.

순식간에 생선 다섯 마리가 갑판에 떨어졌다.

생선들이 팔딱거렸다.

"이 정도면 되려나. 자, 신선할 때 먹자!"

"……굉장한 기술이네."

나는 감탄하며 중얼거렸다.

라비는 어안이 벙벙해져 있었다.

"그렇지?! 이게 내 유일한 특기야. 우리 열한 번째 형보다는 못하지만 말이지."

"형이 열한 명이나 있어……?"

라비가 눈을 동그랗게 뜨고서 반문했다.

"형제는 전부 합해서 열다섯 명 있어. 리자드맨은 대가족이 많아."

"괴, 굉장하다……."

"아가씨는 외동이니 신기하겠네."

"아……. ……으……."

갑자기 라비가 새파랗게 질려서 내 손을 잡았다.

뭐지.

왜 이러는 거지……?

"라비?"

"……아, 아무것도 아니야……."

목소리가 심하게 떨리고 있었다.

아무것도 아닌 것처럼은 안 보였다.

비아조도 걱정스러운 얼굴이었다.

"아…… 미, 미안. 뭔가 불쾌한 말을 했나?"

"아니, 야……. 미안해요……."

라비는 겁먹은 목소리로 사과하고서 내 손을 더 세게 잡았다.

걱정되지만, 라비가 말하기 싫어하는 일은 묻지 않기로 했다.

나는 내가 할 수 있는 방법으로 라비의 마음을 지키자.

"라비, 비아조가 잡아 준 생선 먹을래?"

"……응……. ……생선 먹을래."

필요 없다고 하면 어쩌나 불안했는데 먹겠다고 해서 진심으로 안도했다.

나와 눈이 마주친 비아조도 안도의 한숨을 쉬었다.

"조, 좋아! 어떻게 조리해 줄까? 우리 리자드맨은 뭐든 생으로 먹을 수 있지만, 너희 인간의 몸은 섬세하니까. 물론 회로 먹는 게 제일 맛있지만, 그러려면 한 번 얼려서 기생충을 죽여야 해."

"회? 날로 먹는 건가?"

잘은 모르겠지만 바다 사나이가 추천할 정도다. 분명 맛있겠지.

"회 먹어 본 적 없어? 그럼 더더욱 먹여 주고 싶은데. 회랑 같이 먹기 딱 좋은 별난 조미료가 있거든!"

"어떤 조미료지?"

"『간장』이라는 조미료, 못 들어 봤어?"

"음. 처음 들어 봤어."

"하긴, 보기 드물긴 하지. 곡물을 발효시켜서 만든다고 해. 우리 열 번째 형이 동쪽 나라와 교역해서 말이야. 그곳의 명산물이라면서 줬어."

"아이도 먹을 수 있는 맛인가?"

"그래. 달콤짭짤한 맛이니까 문제없어."

"라비, 먹을래?"

라비가 고개를 끄덕거렸다. 아직 평소 같은 기운은 없었다.

그래도 관심을 보여서 다행이었다.

"생선을 순식간에 얼리는 건 얼음 마법으로 가능해."

"그거 다행이네!"

나는 즉시 영창해서 비아조가 잡은 생선을 냉동시켰다.

"우왓?! 대, 대단한걸……. 생선만 콕 집어서 얼리다니……. 위력이 뛰어난 마법을 쏘기도 쉽지 않다지만, 지금처럼 조절하는 것도 상당히 어려운 일이지?"

"뭐, 익숙해지면 돼. 나도 때때로 실패하고."

잡담하면서 흐르는 물에 생선을 해동한 비아조는 익숙한 손놀림으로 손질했다.

"자, 이게 간장이야."

비아조가 선내에서 가져온 나무통을 열어 내용물을 접시 위에 꼴꼴 따랐다.

그 조미료는 새까맣고 신기한 냄새가 났다.

이거, 정말로 맛있나……?

먹보인 라비조차 경계하는 얼굴이었다.

"내가 먼저 먹어 볼게."

얇게 썰린 생선을 손으로 집어서 간장에 살짝 담갔다.

좋아……. 마음의 준비를 하고 입에 넣으니—.

"응……?! ……이거, 확실히 맛있는걸!"

생긴 것과는 다르게 부드러운 풍미가 감돌았다.

왠지 그리운 맛이 나는 조미료였다.

비아조가 말한 대로 약간 달았고, 그 단맛이 생선의 신선한 맛을 부각시켰다.

"그렇지, 그렇지?!"

"라비도 먹어 봐."

"으, 응……."

내 말을 듣고 라비도 작은 손을 뻗었다. 그리고 한입에 쏙 넣었다.

"……와아, 맛있어……. 아빠, 맛있어……!"

마침내 기운을 차린 라비가 나를 보며 방긋 웃었다.

아아, 정말 다행이다. 진심으로 기뻐서 라비의 머리를 살며시 쓰다듬었다.

그러자 그 모습을 지켜보던 비아조가 성대하게 한숨을 쉬었다.

"하아…… 부럽다……!! 나도 귀여운 딸을 갖고 싶어!!"

"하하하."

"모든 남자가 한 번쯤은 꿈꾸잖아? 소중한 가족. 귀여운 딸. 돌아가야 할 곳! 그야 나도 10대 때는 예쁜 여자가 옆에 있으면 그만이라고 생각했었어. 술집에서 알게 된 미녀가 『당신, 비늘이 멋있네』 하고 말하면 황홀했지. 하지만 나이를 먹으면 사람은 변해. 진정한 행복을 주는 건 좀 더 따뜻한 애정이야."

나와 라비는 기세 좋게 떠드는 비아조에게 압도되었다.

"그, 뭐냐…… 힘내."

그렇게 말할 수밖에 없었다. 내 말에 맞춰 라비도 작은 주먹을 꼭 움켜쥐었다.

"으음, 힘내요……."

"젠장…… 귀여워……. 더글러스 씨, 당신 진짜 행복한 사람이야……."

"그렇지. 그건 절실히 느끼고 있어."

"대체 어떻게 하면 그런 행복이 찾아오는 거야? 역시 쌓은 공덕이 다른 걸까. 당신, 상당히 착한 사람 같고……."

"공덕……? 나는 딱히 대단한 일은 안 해. 평범하게 살고 있을 뿐이야."

"무슨 소리야! 여러 도시에서 남을 돕고 있잖아! ……그렇게 사반하지 않는 점을 봐도 좋은 사람이란 게 느껴진단 말이지."

난처한데……. 당황하는 내 옆에서 라비가 기뻐하는 표정을 지었다.

똑바로 바라보는 눈에서 나를 좋아해 주는 것이 전해졌다.

라비의 마음을 배반하지 않도록 더 훌륭한 인간이 돼야겠어.

나는 마음속으로 그렇게 맹세했다.

21화 아저씨와 소녀, 도착하자마자 유명인이 아니냐고 의심받다

Enjoy new life
With my daughter

비아조가 잡은 생선을 먹고 배가 찼을 때.

강이 확 넓어지며 프린스브리즈호는 바다에 당도했다.

"와아……!"

라비는 눈앞에 펼쳐진 대해에 시선을 빼앗겼다.

뒤에서 붙잡고 있지 않으면 불안해질 만큼 정신이 팔려서 상체를 쭉 내밀었다.

묻지 않아도 알 수 있었다. 바다도 처음 본 거겠지.

"아빠, 이게 바다야……?"

라비에게 세계는 아직 보지 못한 멋진 것들로 가득했다.

나는 그것을 귀중하게 느끼며 고개를 끄덕여 대답했다.

"굉장해, 굉장해……."

배는 해안을 따라 동쪽으로 나아갔다. 내해라서 물결은 잔잔했다.

비아조는 범선이 늘어선 항구에 프린스브리즈호를 천천히 댔다.

프린스브리즈호와 비슷한 크기의 근거리 교역선이 많았다.

하지만 더 앞에 있는 만에는 거대한 호화 여객선도 몇 척 정박해 있었다.

최근 들어 날씨가 맑으면 낮에는 땀이 날 만큼 기온이 오르니 관광

객이 늘어나기 시작하는 시기이리라. 곧 있으면 본격적인 여름이다.

"그럼 나는 교역품을 팔러 갈 거라 여기서 안녕이네!"

"그래, 여러 가지로 고마워."

라비의 손을 이끌고 배에서 내린 후, 비아조를 향해 가볍게 손을 들었다.

"햄에게 들었겠지만 나는 사흘에 한 번씩 토이 베리의 항구에 와. 발자크에 돌아갈 때도 탈 거면 날짜를 맞춰서 기다려 줘. 시간대는 오늘과 똑같아."

"알겠어. 그때는 잘 부탁해."

"그래, 그럼 이만! 꼬마야, 바이바이."

"으응, 바이바이……."

라비가 조심스럽게 손을 흔들어 인사했다.

비아조와 항구에서 헤어지고 나서는 해변에 있는 여관으로 향했다.

개방적인 흰색 석조 건물이었다. 해안가 도시는 여관도 왠지 근사했다.

문을 열고 현관에 들어가자 작게 하품을 하며 점주가 고개를 들었다.

"어서 오세요. 숙박인가요?"

그의 손에 신문이 들려 있었다.

불길한 예감이 들었을 때는 한발 늦은 상태였다.

"음? —손님, 왠지 애 딸린 영웅과 닮으신 것 같은데."

"아니, 안 닮았어. 전혀 안 닮았어."

황급히 부정했다. 발자크처럼 얼굴이 알려지지 않아서 안심하고 있었는데 난데없이 이런 사태가 벌어지다니…….

여관 주인은 납득할 수 없다는 표정으로 신문과 나를 번갈아 보았다.

"아쉽네요……. 다른 사람인가……."

주인이 어깨를 축 떨궜다.

"그렇게 아쉬워할 일이야?"

"더글러스 씨는 제 우상이에요."

"우상?"

"네. 사실 저도 예전에는 모험가가 되고 싶었거든요……. 자식이 생기고 그 꿈은 포기했어요. 그래서 행복한 가정과 모험가를 양립하고 있는 더글러스 씨를 동경하고, 꼭 만나서 이야기를 듣고 싶었어요."

"그랬군."

"근데 역시 닮지 않았나요……? 신문에 실린 일러스트와 똑같은 것 같은데……. 어두운 갈색 머리, 짧은 턱수염, 특징적이지 않은 미남이라고 적혀 있는데, 손님이 그런 느낌이잖아요."

"트, 특징적이지 않은 미남……? 아니, 그런 건 어찌 되든 좋아. 그런 특징을 가진 남자는 흔하잖아."

"듣고 보니 확실히 그렇긴 하지만……."

남자가 다시 신문으로 시선을 떨어뜨렸다.

"여자아이의 생김새도 일치하는데요? 하늘색 리본으로 긴 금발을 묶은 귀여운 소녀. 보세요!"

점주가 내게 신문을 보여 줬다.

마지못해 살펴보니—.

이건 뭐야. 이 그림이 라비와 닮았다고……?

"전혀 안 닮았어. 우리 딸은 이 그림보다 50배, 아니, 100배는 더 귀여워!"

나도 모르게 큰 소리를 내고 말았다. 하지만 진심으로 그렇게 생각했다.

여관 주인은 압도된 것처럼 숨을 삼켰다.

"죄, 죄송합니다……. 유명인이 온 게 아닌가 흥분해서……. 서비스업종으로서 잘못된 응대였습니다……."

알면 됐다고 생각했지만, 점주는 여관에서 가장 전망이 좋은 방을 우리에게 줬다. 오히려 미안한 기분이 들었다.

◇◇◇

짐을 다 정리한 우리는 아직 시간도 이르니 바로 대부호의 저택으로 향했다.

이번에는 아까 같은 사태가 벌어지지 않도록 후드를 깊이 눌러썼다. 그렇게 가는 도중에.

"아빠……. 나, 리본 푸는 편이 좋을까……? 머리도 자를까……?"

라비가 불쑥 그런 질문을 했다. 방을 잡을 때 나눴던 대화가 신경 쓰인 듯했다.

나는 걸음을 멈추고 라비 옆에 무릎을 꿇었다.

"라비, 아까 일은 신경 쓰지 않아도 돼."

"하지만…… 나 때문에 아빠가 곤란해……."

그렇게 말하며 라비가 머리에 달린 리본을 만졌다.

라비는 매일 아침 정말로 기뻐하며 리본을 들고 내 곁으로 달려왔다.

행복하게 웃으며 「아빠, 리본 달아 줘」라고 말할 때 얼마나 기쁜지.

"그 리본, 좋아하잖아?"

"응……."

"나는 그대로 리본을 계속 달았으면 좋겠어."

"정말……?"

"그래. ―아까 같은 일이 더는 일어나지 않게 손을 쓸 테니까 신경 쓰지 마."

아이가 이런 배려를 하게 만들다니, 아빠 실격이다.

이 일이 끝나고 발자크에 돌아가면 신문을 어떻게든 하자.

사람들이 쫓아다녀서 내가 곤란할 뿐이라면 그나마 괜찮다.

하지만 라비를 슬프게 한다면 이야기는 달라진다.

22화 아저씨와 소녀, 까다로운 대부호에게 환영받다

Enjoy new life
With my daughter

“이거 대단하네…….”

“아빠, 성이야…….”

“그러게…….”

나와 라비는 대부호 톨킨의 저택을 올려다보고 입을 쩍 벌렸다.

바다를 일망할 수 있는 고지대에 세워진 그 저택은 호화 저택 수준을 넘어서 있었다.

『토이 베리에서 가장 큰 저택이야. 거의 성이라고 할 수 있지. 딱 보면 바로 알 수 있을 거야』

라비와 햄이 말한 대로 그야말로 성이었다.

톨킨은 귀족이 아니라 출세한 상인이라고 했다.

한 세대 만에 이 정도 재물을 모으다니 대단했다.

나는 약간 긴장하며 문 앞에 서서 초인종을 울렸다.

라비는 불안해하며 내 뒤에 숨었다.

바로 하인이 나와서 우리는 저택으로 들어갔다.

현관만 해도 평범한 집 한 채가 들어갈 만큼 넓었다.

바닥에 깔린 융단은 신발이 파묻힐 만큼 부드럽고 푹신푹신했다.

천장에는 반짝이는 거대한 샹들리에가 달려 있었고, 벽에는 비싸 보이는 그림이 몇 개나 장식되어 있었다.

"당신이 더글러스 포드 씨군요. 잘 오셨습니다."

햄이 써 준 소개장을 건네고 기다리고 있으니 안경을 낀 꼼꼼해 보이는 남자가 바로 나타났다.

"저는 톨킨 씨의 비서인 알프레드 케인입니다. 톨킨 씨의 지시로 제가 중개인에게 의뢰했습니다."

"잘 부탁해."

손을 내밀어 비서와 악수했다.

햄이 어제 바로 편지를 보내서 내가 찾아간다고 미리 연락해 둔 상태였다.

햄의 편지에는 라비가 함께 간다는 내용도 적혀 있었던 모양이다.

"그쪽이 따님이군요."

"그래, 맞아."

라비는 여전히 내 뒤에 숨어 있었다.

인사하라고 재촉하려 했을 때—.

"알프레드! 또 그런 험상궂은 남자를 데려온 건가."

매우 짜증이 난 목소리가 들려왔다.

고개를 드니 현관과 이어진 큰 계단을 뚱뚱한 신사가 내려오고 있었다.

저 사람이 이 집의 주인, 대부호 톨킨일 것이다.

"주인님……."

알프레드가 주인을 달래듯 말했다. 하지만 효과는 없었다.

톨킨은 듣는 척도 안 하고서 지긋지긋하다는 얼굴로 나를 노려보았다.

"모험가 길드가 도움이 안 돼서 일부러 정보상에게 의뢰했는데. 이래서야 똑같잖아."

"아뇨, 주인님. 이분은 지금까지 왔던 모험가들과 다릅니다. 이 나라 제일의 영웅이라며 연일 신문을 장식할 정도로—."

"그게 뭐 어쨌는데! 강하다고 다가 아니라는 말을…… 응? 응응?! 브리지트……!!"

톨킨은 눈을 부릅뜨고 그렇게 외치더니 두 팔을 벌리고서 달려왔다.

브리지트는 분명 톨킨의 딸 이름일 터다.

하지만 톨킨의 시선은 오로지 라비에게 향해 있었다.

나는 곤혹스러워하며 즉시 라비를 안아 들었다.

"아……."

톨킨은 자신의 손을 피한 라비를 보고 숨을 헉 삼켰다.

"이봐, 내 딸에게 뭐 하는 짓이야."

"……! 미, 미안하군……."

톨킨은 매우 한심한 얼굴로 눈썹을 늘어뜨렸다.

단숨에 위압감이 사라졌다.

"순간 우리 딸이라고 착각해 버렸어……. 나도 제정신이 아니로군……. 딸은 이제 이렇게 어리지 않은데……."

톨킨은 어쩔 줄을 모르며 우리에게 사과했다.

"정말로 미안해. ―많이 놀랐지? 용서해 줘. 작은 레이디."

라비는 눈을 동그랗게 뜨고서 깜박거렸다.

"……실은 딸이 가출한 뒤로 제대로 잠을 못 잤어. 그 탓에 긴장을 늦추면 정신이 몽롱해져서……. 미안하다."

거짓말하는 것 같지는 않았다.

실제로 톨킨은 처음 봤을 때도 생각했지만 몹시 지친 얼굴이었다.

그리고 안색도 나빴다.

딸이 가출했다.

자지 못하고 초췌해져도 당연한가…….

나는 내심 톨킨을 동정하면서도 라비를 계속 안고 있었다.

톨킨이 믿을 만한 인물인지 아직 알 수 없었기 때문이다.

혈혈단신일 때는 간단히 사람을 믿고 속기만 했던 나도 라비와 관련된 일에는 경계심이 강해졌다.

라비도 내게 달라붙어서 떨어지려고 하지 않았다.

내 태도를 보고 톨킨은 무뚝뚝한 얼굴로 입을 다물었다.

마치 관찰하듯 나를 바라보았다.

내 태도가 못마땅한 걸지도 모른다.

여기까지 왔지만 이 일은 무효가 될 듯했다.

그렇게 생각했을 때, 톨킨이 신중한 어조로 말했다.

"……당신은 딸을 아끼는 좋은 아빠인 것 같군."

"……? 무슨 소리야? 딸을 아끼지 않는 아빠가 어디 있어?"

내가 곤혹스러워하며 그렇게 대답하자 어째선지 톨킨은 안도한 듯 한숨을 쉬었다.

"이제야 제대로 된 사람이 찾아왔군……. 아까는 정말로 미안해. 기분 상할 만한 말을 해 버렸어."

다시금 사과한 톨킨의 표정은 몇 초 전보다 부드러웠다.

일을 맡겨도 좋다고 생각해 준 걸까.

"실은 애 딸린 남자가 의뢰를 받으러 온다고 들었지만, 돈에 낚인 자의 얍삽한 연기는 아닐지 의심했었어."

"그런 사람이 많았나?"

"이야기를 들으러 저택에 온 자들 대부분이 그런 남자였어. 쫓아낸 모험가가 몇 명이었지? 알프레드."

"딱 서른 명입니다."

"그것 참…… 상당한 수네."

확실히 이 일은 파격적인 보수에 비해 위험도가 낮다.

모험가가 쇄도하는 것도 이해가 가지만, 서른 명이나 내쫓았을 줄이야…….

"하지만 접해 보고 당신은 다르다는 걸 알았어. 어른이 아무리 연기해도 아이의 행동에는 진실이 나타나는 법이지. 온전히 믿는 딸아이의 태도. 거기에 거짓된 기색은 전혀 없어. 당신이 평소에 얼마나 그 아이를 소중히 여기는지 전해졌어. 그런데 처음부터 의심해서 미안해."

"아니, 신경 쓰지 마. 당신의 사정은 어느 정도 들었어. 이전에 고용한 모험가가 당신의 딸에게 한 짓도 들었고. 같은 딸 가진 아빠로서 당신의 기분은 이해해. 비슷한 남자를 경계하는 건 당연해."

"더글러스 씨, 당신이라면 믿을 수 있겠어. 아니, 당신 같은 사람을 찾고 있었어……! 제발, 제발 나를 도와줘……!!"

톨킨이 내 팔을 잡고 필사적인 형상으로 간청했다.

거대한 보석이 달린 반지를 잔뜩 낀 투박한 손가락이 미약하게 떨리고 있었다.

톨킨은 체면도 위신도 신경 쓰지 않고, 숱이 줄어들기 시작한 머리를 내게 깊이 숙였다.

23화 아저씨, 딸에게 미움받는 상황을 상상하고 몸서리치다

Enjoy new life
With my daughter

정식으로 일을 맡게 된 나와 라비는 응접실로 안내받았다.

거기서 톨킨에게 직접 일의 자초지종을 듣게 되었다.

"나와 말싸움한 끝에 딸 브리지트가 가출한 건 열흘 전이야."

"뭣 때문에 싸웠는지 물어봐도 될까?"

"브리지트는 이웃 나라에 있는 마법 학교에 다니고 있어. 여름 방학이 돼서 돌아왔는데, 남아도는 시간을 주체할 수 없었는지 어딘가 놀러 가고 싶다고 했어."

"그래서?"

"평소에 공부도 열심히 하니까 휴식을 말릴 생각은 없었어. 안전한 곳이라면 어디서 뭘 하든 괜찮다고 말하며 용돈을 줬어. 그러자 브리지트는 뚱해져서 『항상 돈이지』라고 했어."

"항상 돈……?"

"그래……. 브리지트의 기분은 점점 나빠졌지만 나는 일하러 나가야 했어. 그래서 브리지트의 손에 용돈을 쥐여 주고 나가려고 하자 브리지트는 울면서 금화를 바닥에 내던졌어."

"으음…… 몹시 화가 났었나 보네."

울화가 터진 걸까. 마치 돈을 미워하는 듯한 행동이었다.

"브리지트의 엄마는 그 아이가 어렸을 때 병으로 죽었어. 엄마가 없다는 이유로 고생시키고 싶지는 않았어. 그래서 나는 열심히 일해서 그 아이를 키웠지."

좀처럼 모친이 나타나지 않아서 혹시나 하는 생각은 했었다.

역시 우리처럼 엄마가 없었구나.

"돈을 내던지는 아이가 되어 버리다니……. 나도 역시 화가 나서 언쟁을 벌이게 됐어……."

"그랬군."

"지금은 말이 심했다고 후회하고 있어. 브리지트가 한 짓은 물론 잘못됐어. 하지만 일방적으로 꾸짖지 않고 타이르는 방법도 있었는데…… 나는……."

톨킨은 정말로 반성하고 있는지 설명하면서 중간중간 눈물을 흘렸다.

다 큰 남자가 한심하다고는 할 수 없었다.

톨킨의 애끓는 심정이 절절히 전해졌다.

"……어렸을 때, 그 아이는 아주 솔직했고 우리 부녀는 정말로 사이가 좋았어. 내가 일하는 동안에도 무릎 위에 앉아 있고 싶어 했지. —하지만 크면서 그 아이의 마음을 점점 알 수 없게 됐어……. 이런 사태가 벌어지다니. 아무리 후회해도 부족해……."

깊은 한숨을 쉰 톨킨은 젖은 뺨을 손수건으로 거칠게 닦았다.

나는 톨킨이 진정하기를 가만히 기다렸다.

"……추태를 보여서 미안하군."

“아니, 괜찮아. 그다음에 어떻게 됐는지 말해 주겠어?”

“……그렇지. 이미 중개인에게 들었겠지만 딸은 환술사를 고용했어.”

“확실한 정보인가?”

“그래. 이전에 딸을 강제로 데려오려고 했던 모험가에게 보고받았지.”

“그렇군.”

“그 환술사가 딸을 지키고 있어서, 토이 베리 부근에 있긴 하지만 어디 있는지는 간단히 찾을 수 없어.”

“토이 베리에 있다는 건 어떻게 아는 거지?”

햄에게 이야기를 들었을 때부터 위화감이 들었던 점을 물어봤다.

왜 단언할 수 있는가.

“아아, 딸이 그런 말을 남기고 갔기 때문이야. 도시를 완전히 나가지는 않겠다. 하지만 내 마음이 바뀌기 전에는 집에 돌아오지 않겠다고 했어.”

“마음이 바뀌기 전에는 돌아오지 않겠다라…….”

싸우고 같이 있기 어색해서 뛰쳐나간 건 아니구나.

“당신은 딸을 자주 혼냈나?”

“그럴 리가……! 소중한 딸이라고! 고함친 것도 이번이 처음이었어. ……하지만 딸은 한참 전부터 내게 불만이 있었던 모양이야.”

“왜 그렇게 생각하지?”

“방학해서 돌아올 때마다 불만스러운 표정을 짓거나 명백하게 언짢아했었어…….”

톨킨은 그 당시 딸의 태도를 떠올렸는지 또 눈물을 뚝뚝 흘렸다.

"아저씨, 울지 마……."

이제껏 옆에서 조용히 이야기를 듣고 있던 라비가 조심스럽게 말했다.

"고맙다……. 착한 아이구나……."

톨킨은 눈물을 훔치며 라비에게 웃었다.

"우리 딸도 예전에는 이랬는데……. 우으…… 훌쩍……."

큰일이다. 이래서는 끝이 안 난다.

나는 헛기침을 하고 강제로 톨킨의 주의를 돌렸다.

"딸은 호텔에 머물고 있는 건가?"

"글쎄……. 내가 경영하는 호텔은 일단 세 군데 있어. 종업원에게는 물론 말해 뒀지만, 환술을 쓰면 딸이라는 걸 알아차릴 수 없다는 모양이야……."

"환술은 문제없으니까 일단 그 호텔을 돌아보지."

"환술을 해제하는 건 상당히 어렵잖아? 찾아온 다른 모험가들이 말하길, 사전 준비를 하는 데만 일주일은 걸린다고 했어. 특별한 아이템을 손에 넣어야 한다면서……."

"아아. 그랬군."

확실히 환술 해제에 익숙하지 않은 모험가는 특수 아이템으로 보조하기도 한다.

"나는 아이템을 사용하지 않으니 지금 바로 수색을 개시할 생각이야."

놀랐는지 톨킨의 눈이 크게 뜨였다.

"지금 바로……?! 상당히 우수하다고 듣긴 했지만, 다른 모험가와는 비교가 안 되는 수준이었군……."

나는 가볍게 어깨를 으쓱이고서 그저 스킬 쓰는 데 익숙할 뿐이라고 했다.

이야기를 되돌리자.

"딸을 만나면 집에 돌아오라고 설득하면 되나?"

"그래……. 한심한 이야기지만 중재자가 필요해……. 내가…… 반성하고 있다고 전해 줘……."

나는 망설이며 잠시 침묵했다.

중재하는 건 상관없다.

하지만 그런 중요한 말을 관계자도 아닌 내가 전해도 될까?

"당신과 딸의 문제야. 그걸 해결할 수 있는 건 당신밖에 없지 않을까?"

"……타당한 의견이야. 하지만 딸은 내가 같은 공간에 있기만 해도 분명 기분 나빠할 거야. 내 얼굴 따위 당분간 보기 싫다고 했으니까……."

둥근 어깨를 떨군 톨킨이 시무룩하게 고개를 숙였다.

얼굴도 보기 싫다고 했다라…….

만약 라비에게 그런 말을 들었다면.

상상만 해도 너무 무섭고 가슴이 아프다. 나는 무심코 가슴께를 눌렀다.

"딸이 화난 상태라면 억지로 만나게 하는 건 좋은 생각이 아닌가……."

"우으……! 딸에게 미움받았다는 사실이 괴로워……."

톨킨은 손수건을 움켜쥐고 또 엉엉 울기 시작했다.

실수했다. 좀 더 신중하게 발언해야 했는데.

"미안해……. 그렇게 울지 마."

"우으……! 당신도 딸에게 미움받으면 이렇게 될 거야……."

"이, 이봐, 무서운 소리 하지 마……! 나는 라비에게 미움받을 짓 안 해."

"누군 미움받고 싶어서 이렇게 된 줄 알아……? 하지만 아저씨는 의도치 않게 사춘기 딸의 화를 돋우는 생물이야……."

"뭐……? 그, 그런 거야……?"

"그래. 딸을 위해 한 일은 대부분 역효과를 불러. 그런 일을 되풀이하다가 짜증 섞인 말을 듣게 되는 거야. 『아빠는 날 이해 못 해!』, 『아빠 따위 이제 나도 몰라!』, 『아빠 진짜 싫어!』……."

"……!!"

나는 핏기가 가신 상태로 톨킨을 보았다. 톨킨이 창백한 얼굴로 고개를 끄덕였다.

새파래져서 마주 보는 두 아저씨를 구해 준 것은 사랑스러운 천사의 목소리였다.

"저, 저기…… 나는 아빠를 싫어하지 않을 거야……."

"라비……."

"어른이 돼도…… 싸워 버린 날도…… 아빠를 사랑할 거야."

"라비……!"

아아, 라비. 어쩜 이렇게 착한 아이가 다 있을까.

나는 감격하여 라비를 꽉 끌어안았다.

"왁. 아빠, 괴로워……."

"어이쿠! 미안."

황급히 팔의 힘을 풀었다. 라비는 수줍게 웃으며 나를 마주 안았다.

"사이좋은 모습을 과시하다니…… 너무하잖아……."

톨킨이 또 소리 내어 울음을 터뜨렸다.

하지만 그 타이밍에 라비가 우리에게 새로운 번뜩임을 줬다.

"나는 아빠를 싫어하지 않으니까…… 그, 그러니까……. 아저씨의 딸도 분명…… 사실은 아저씨를 사랑할 거야……."

"라, 라비 양……. ……정말로 그렇게 생각해?"

구원을 바라듯 톨킨이 라비에게 물었다.

라비는 내 품에서 고개를 끄덕여 대답했다.

예전에는 사이가 좋았던 아빠와 딸.

라비의 말대로 싫은 게 아니라 화가 났을 뿐이라면—.

그것을 알기 위해서도 역시 톨킨 본인이 딸과 확실하게 마주해야 했다.

"지금 바로 찾으러 갈 생각이야. 당신도 따라올 수 있을까?"

집에 데려와서 이야기하기보다 그 자리에서 말을 나누는 편이 좋겠다고 생각하여 그렇게 제안했다.

하지만—.

“아니, 나는 일이 있어서…….”

“이런 상황에서도 쉴 수 없나?”

“내가 없으면 회사가 안 돌아가.”

“그런가……. 그렇다면 어쩔 수 없지. 그럼 다녀오겠어. 라비, 이리 와.”

손을 내밀자 라비는 달려와서 내 손을 단단히 잡았다.

그대로 우리가 저택을 나가려고 했을 때—.

“자, 잠깐만! 역시 나도 데려가 줘!”

톨킨이 살진 몸을 출렁이며 달려왔다.

배웅하러 나온 집사가 놀란 얼굴로 톨킨을 보았다.

“주인님, 괜찮으신 겁니까……? 지금까지 무슨 일이 있어도 일을 쉰 적이 없으셨는데…….”

“더글러스 씨의 말이 맞아. 일하러 갈 때가 아니야……!”

그런고로 우리는 셋이서 톨킨의 딸을 찾으러 가게 되었다.

24화 아저씨와 소녀, 대부호의 딸을 찾기 시작하다

Enjoy new life with my daughter

톨킨의 딸 브리지트는 아빠가 소지한 세 호텔 중 한 곳에 묵고 있을 가능성이 있다.

그 사실을 알았기에 우리는 호텔을 하나씩 돌아보기로 했다.

……그나저나 이건…….

첫 번째 호텔을 올려다본 채 나는 한동안 말을 잇지 못했다.

성 같았던 톨킨의 저택에도 놀랐지만 호텔도 비슷하게 호화로웠다.

역시 대부호네…….

"굉장해……. 아빠, 번쩍거려……."

"그러게, 번쩍거리네……."

나와 라비는 압도되어 그렇게 서로 중얼거렸다.

황금색 외벽이 눈부시게 빛나고 있었다.

아마 마법으로 만든『요정 가루』가 섞여 있을 것이다.

내가 라비와 묵으려고 잡은 여관은 이곳과 비교하면 서민적이고 아담했다.

청결하고 해방감이 드는 여관이었지만, 혹시 라비는 이런 호사스러운 호텔에 묵고 싶었을까?

나중에 라비와 단둘이 됐을 때 물어보자.

다행히 저금은 그런대로 있었다.

라비의 바람은 전부 들어주고 싶다.

이런 호텔에 묵고 싶어 한다면 그만큼 돈을 벌면 된다.

나는 그렇게 생각하며 감정 스킬을 영창했다.

《전지전능한 신, 지식의 책의 페이지를 넘겨 나에게 뛰어난 지혜를 주소서— 저지.》

이 스킬로 호텔 건물을 감정한다.

만약 환술이 걸려 있다면 바로 알 수 있다.

하지만 호텔에 환술 효과는 걸려 있지 않았다.

"이 호텔은 아니야."

"더글러스 씨, 당신 감정 스킬도 쓸 줄 알아……?!"

"음? 감정 스킬을 써야 환술이 걸려 있는지 알 수 있잖아?"

"아니, 일단 환술을 해제하고 호텔을 구석구석 찾아볼 줄 알았어……."

확실히 감정 스킬이 없으면 톨킨이 말한 방법을 쓰게 됐을 것이다.

"그리고 감정 스킬은 상인에게 적합한 스킬이잖아……? 환술 관련은 전투용 스킬이라고 들었어. 이번 일로 나도 스킬에 관해 다소 공부했거든."

"나는 전투용이든 상인용이든 신경 쓰지 않고 관심 가는 스킬을 습득했을 뿐이야."

"아무렇지도 않게 말했지만 그거 대단한 거 아닌가……?!"

나는 대답이 궁해져서 쓴웃음으로 답했다.

"대체 스킬을 몇 개 가지고 있는 거야……?"

"글쎄. 구체적으로 세 본 적은 없어. 100개에서 200개 정도?"

"뭐?! 100개에서 200개?! 보통은 열 개에서 스무 개 정도잖아?!"

"하지만 실제로 쓰는 스킬은 한정적이야. 나도 여기저기 쓰기 좋고 내 마음에 드는 스킬만 사용해."

"만능이네……."

너무 칭찬받으니까 좀 민망했다.

나는 감정 스킬의 결과를 전하여 자연스럽게 화제를 바꿨다.

"이 주변에서 환술 스킬의 기운은 안 느껴져."

"그럼 다른 호텔에 묵고 있는 건가."

"그래. 적어도 여기는 아니야."

"그런가……."

"괜찮아. 이렇게 찾아 나가면 금방 발견될 거야."

"고마워……. 다음 호텔로 안내하지. 따라와."

◇◇◇

그로부터 한 시간.

나머지 두 호텔을 돌아봤다.

하지만 어느 호텔에도 환술 스킬은 걸려 있지 않았다.

당연히 딸도 찾을 수 없었다.

호텔에 머물고 있지 않을까 예상했었기에 허를 찔린 기분이었다.

특히 톨킨이 몹시 낙담하여 고개를 푹 숙이고 말았다.

"이전에 다른 모험가가 딸을 데려오려다가 실패했다고 했지? 그 녀석은 어디서 딸을 찾았던 거야?"

"그때는 운 좋게 거리에서 장을 보던 딸과 딱 마주쳤었어……."

"그랬군. 호텔 말고 딸이 묵을 만한 곳은 없어?"

"으음……. 내가 소시한 별장이 다섯 개쯤 있어. 관리는 전부 별장에 사는 노부부에게 맡기고 있어."

"별장은 다섯 개란 말이지? 하나씩 돌아보지."

"아. 정확히는 여섯 개야. 하지만 마지막 한 곳은 관리조차 안 하고 있어."

"흠?"

"브리지트가 어릴 때 몇 번 데려간 게 전부고. 내 사업이 궤도에 오르기 전이었지. 정말로 작은 방이 두 개 있을 뿐인 오두막이야. 장소도 거리에서 멀리 떨어진 외진 숲속에 있어."

"작은 오두막이라……."

"전망 좋고 설비가 갖춰진 호화 저택을 당연히 더 좋아하지 않겠어? 여자아이잖아."

"그런가……?"

"벌레와 동물이 나오는 울창한 숲을 좋아할 리가 없어."

라비로 바꿔서 생각해 보았다.

벌레와 동물…….

벌레를 싫어하는 모습은 아직 본 적이 없다.

동물은 아마 좋아할 것이다.

동굴에서 미지의 새를 발견했을 때도 기뻐했었고, 때때로 마차가 지나가면 흥미롭게 말을 바라보았다.

자그마한 라비가 말 앞에 서면 작은 몸집이 더더욱 두드러져서 매우 귀여웠다.

그때의 광경을 떠올리고 나도 모르게 실실 웃고 말았다.

톨킨이 이상하다는 눈으로 나를 보고 있었다.

안 되지, 안 돼.

딸들은 숲속 오두막을 어떻게 느낄지 이야기하고 있었지.

잠깐.

애초에 벌레와 동물을 싫어하지 않더라도 호화 저택에 끌릴지도 모른다.

적어도 톨킨은 그렇게 믿는 듯했다.

그렇다면 그의 딸도 역시 숲속 오두막보다 호화 저택파일까.

딸은 아빠가 가장 잘 알 테고.

"나는 아직 같이 가 보지 못했지만, 분명 딸은 새로운 별장이 마음에 들었을 거야. 돈을 아끼지 않고 딸이 좋아할 만한 저택을 구입했으니까."

"그럼 브리지트가 있을 법한 별장부터 돌까."

"그래. 잘 부탁해. 제일 돈을 많이 쓴 곳은 최근 손에 넣은 별장인데―."

톨킨의 이야기를 들으며 걷기 시작했다.

하지만 그때—.

"아……."

라비가 우리를 붙잡듯 소리를 냈다.

"응? 라비, 왜 그래?"

"……저, 저기…… 으음……."

뭔가 말하고 싶은 얼굴이었다.

"아, 화장실 가고 싶어?"

"아, 아니야……."

살짝 뾰로통해져서 고개를 흔들었다.

미안, 미안.

화장실 가고 싶은 게 아니었고 창피를 준 듯했다.

"그럼 왜? 사양 말고 말해 봐."

"어어…… 하지만 틀릴지도 몰라……."

틀리다니? 고개를 갸우뚱하며 라비 앞에 무릎을 꿇었다.

"틀려도 상관없어. 라비, 내 앞에서는 생각을 그대로 말해도 돼."

나는 어깨를 양손으로 잡고 눈을 맞추고서 타이르듯 말했다.

"아빠……. ……응, 알겠어……. 고마워……."

라비는 배시시 웃더니 손끝을 꼼지락거리며 자기 생각을 들려줬다.

© 2018 Fuzichoco

25화 아저씨와 소녀, 라비가 공을 세우다

Enjoy new life
With my daughter

"으음, 이, 있지……."

라비는 자신을 진정시키듯 숨을 들이쉬고 살짝 얼굴을 들었다.

"괜찮아, 천천히 말해도 돼."

내 말에 고개를 끄덕였다.

온전히 신뢰하는 눈길을 받으니 눈시울이 뜨거워졌다.

라비가 자기 의견을 전하려고 하는 것이 정말로 기뻤다.

라비는 소극적이고 얌전하다.

그것도 이 아이의 개성이니까 매우 소중하다고 생각한다.

다만 라비가 속마음을 내게 슬쩍 보여 주는 순간, 라비의 용기와 나를 향한 신뢰가 전해져서 가슴이 벅차올랐다.

"……숲속 오두막, 소중하지 않을까……? 추억이 있는 곳이니까……."

"추억?"

"응……. 어릴 때 갔으면……. 추억이 잔뜩 있지 않을까……."

나와 톨킨은 라비의 말을 듣고 동시에 숨을 헉 삼켰다.

"라비, 대단한데……. 나는 그런 생각 전혀 못 했어."

칭찬하며 라비의 머리를 쓰다듬자 라비는 뺨을 붉히고서 수줍은 미소로 대답했다.

아아, 정말로…….

우리 아이는 세상에서 제일 예뻐…….

아, 이게 아니지.

라비가 너무 귀여워서 또 사고가 정지할 뻔했다.

나는 고개를 휘휘 흔들고 흥분을 가라앉혔다.

아무튼.

추억이 있는 장소인가.

그러고 보니 톨킨은 『나는 아직 같이 가 보지 못했지만, 분명 딸은 새로운 별장이 마음에 들었을 것이다』라고 했다.

"다른 별장에는 같이 간 적이 없나?"

"으, 음……. ……숲속 오두막 말고는……."

톨킨은 어색해하며 말을 덧붙였다.

"일이 바빠서 휴가를 낼 틈이 없어……."

"그렇다면 당신이 딸을 데리고 놀러 갔던 곳은 숲속 오두막뿐인 거네."

끙 소리를 내며 톨킨이 미미하게 고개를 끄덕였다.

호화 저택도 아니고 바다와도 떨어져 있다.

방도 고작 두 개뿐인 숲속의 작은 오두막.

그래도 유일하게 어린 시절 아빠가 데려가 줬던 곳.

같은 아빠이기에 바라게 되었다.

브리지트가 그 오두막을 소중히 여겼으면 좋겠다.

그렇게 생각하고 있는데 라비가 갑자기 내 손을 잡았다.

"아빠와의 추억인걸……. 분명 소중할 거야……."

"라비……."

마치 내 마음을 눈치챈 듯한 말이었다.

우연인가? 아니. 분명 헤아린 거겠지.

어린아이여도 때로는 사람의 미묘한 마음을 어른보다 더 잘 알아차린다.

이번에도 브리지트의 마음에 주목한 사람은 라비뿐이었다.

나와 톨킨의 머리에는 그런 발상이 조금도 없었다.

그 결과 『보통 젊은 아가씨는 당연히 호화로운 별장을 택한다』라고 생각해 버렸다.

"……하지만 숲속 오두막을 찾아갔던 건 아주 옛날이야. 그렇게 오래된 일을 아이가 기억할까……? 심지어 소중한 추억이라고 여기고 있을까……? 어른이면 몰라도 아이였어……."

"아이의 마음은 우리 어른이 생각하는 것보다 훨씬 풍부해."

"……그렇게 생각한 적은 없었어."

"그럼 생각해 봐."

"그래……. 알겠어."

톨킨은 자신의 내면과 마주하듯 입을 다물었다.

◇◇◇

그 후 우리는 토이 베리의 교외에 펼쳐진 숲으로 향했다.

톨킨도 더는 다른 별장을 우선하자고 하지 않았다.

점심 무렵에 항구에 도착하고 몇 시간이 지났다. 곧 밤이 찾아온다. 서두르는 편이 좋을 듯했다.

나는 숲을 향해 감정 스킬을 발동시켰다.

《전지전능한 신, 지식의 책의 페이지를 넘겨 나에게 뛰어난 지혜를 주소서— 져지.》

숲의 데이터가 내 눈앞에 표시되었다.

그것을 본 순간, 탄식 같은 한숨이 흘러나왔다.

"……여기 없다면 오늘 중에 찾는 건 어렵겠네."

반걸음 뒤에서 톨킨이 불안하게 말하는 소리가 들렸다.

나는 그런 톨킨을 격려하듯 대답했다.

"걱정하지 마. 이 숲에는 환술이 걸려 있어."

"……! 그럼……?!"

"그래. 브리지트는 여기 있어."

숲에 걸려 있던 환술은『미아 효과』라는 것이었다.

환술을 해제하지 않은 상태로 숲에 들어갔다면 한동안 헤매다가 출발 지점으로 돌아왔을 것이다.

나는 라비의 예상이 맞았음을 알고 진심으로 안도했다.

틀려도 괜찮다고 말은 했지만, 여기 없었다면 라비는 분명 매우 신경 썼을 테니까.

"라비, 대단해. 잘했어."

"맞아. 라비 양 덕분이야. 고마워."

"도움이 돼서 기뻐……."

나와 톨킨이 칭찬하자 라비는 그렇게 말하며 겸연쩍게 웃었다.

여기서부터는 내 차례다.

"환술을 해제하겠어."

"자, 잘 부탁해……!! 아, 우리는 떨어져 있는 편이—."

《깜박이는 희망의 입자 이곳에 모이라, 지금 내가 명하노라— 환술 해제!》

따뜻한 힘이 손바닥에 모이는 감각이 들었다.

그 직후, 내 손에서 나온 빛이 어둑어둑한 숲을 뒤덮었다.

"괴, 굉장해……. 엄청난 규모의 마법이야……!"

어안이 벙벙해진 톨킨과 눈을 끔뻑이는 라비를 돌아보았다.

"자, 환술은 풀렸어. 오두막으로 가지."

26화 아저씨와 소녀, 브리지트를 찾아내다

Enjoy new life
With my daughter

"자, 잠깐 기다려……!"

환술을 풀고 숲에 들어가려고 하자 톨킨이 당황하여 외쳤다.

"왜 그래?"

"나는 여기서 기다려도 될까……? 딸의 얼굴을 볼 용기가 안 나……."

"뭐?! 여기까지 와서 무슨 소리야."

톨킨은 딸이 화낼 것이 어지간히 무서운지 식은땀을 흘리며 겁냈다.

"딸은 분명 내 얼굴 따위 보고 싶지 않을 거야……. 얼굴을 보기만 해도 역겨울 만큼 미움받았을지도 몰라……."

『아빠 미워. 기분 나쁘니까 저리 가.』

그렇게 말하는 라비를 상상하니 가슴이 철렁했다.

"아니아니, 역시 그러진 않겠지……. ……라비는 어떻게 생각해……?"

나까지 마음이 약해져서 라비에게 묻고 말았다.

"내 생각도 아빠랑 같아……. 분명 괜찮을 거야……."

라비가 진지한 얼굴로 고개를 끄덕였다.

방긋방긋 웃는 라비도 귀엽지만 이런 라비도 정말로 귀엽다.

"자, 톨킨. 우리 천사, 아, 실수…… 우리 딸도 이렇게 말하고 있으니까 걱정하지 마."

"무리야……! 나는 당신만큼 딸에게 사랑받고 있을지 자신이 없어……!"

톨킨은 사이좋은 우리의 모습을 보고 더더욱 자신감이 떨어진 듯했다.

으음……. 곤란한데.

"쓸사나운 말을 하고 있다는 건 알아……. 이런 한심한 아빠니까 딸에게 미움받는 거겠지……. 하지만 정말로 다리가 얼어붙어서 움직이지 않아……."

톨킨의 말은 거짓말이 아니었다. 그의 다리는 후들후들 떨리고 있었다.

우리 아빠들은 딸에게 미움받는 것을 정말로 무서워한다.

너무 무서운 나머지 겁쟁이가 될 정도로.

"나 대신 딸의 마음을 듣고 와 줘. 뭐에 화가 났는지, 어떻게 하면 용서해 줄 건지……."

나는 작게 한숨을 쉬었다.

톨킨의 기분은 이해가 갔다.

그렇기에 지금은 그를 위해서도 마음을 독하게 먹어야 했다.

딸이 지금 어떻게 생각하고 있는지.

그런 중요한 이야기를 다른 사람을 통해 들어서는 안 된다.

나는 톨킨의 어깨를 두드리고 고개를 가로저었다.

"딸의 마음은 당신이 직접 들어야 해."

"하, 하지만…… 내가 이야기에 끼자마자 딸은 토해 버릴지도 몰라…….”

“무, 무서운 상상은 그만해…….”

딸과 싸운 것만으로도 견디기 힘든데 만약 또 다투게 된다면.

그렇게 상상만 해도 괴로워 죽을 것 같은 기분일 것이다.

그래도 무서워하고만 있어서는 아무것도 달라지지 않는다.

용기를 내서 톨킨이 딸과 마주했으면 싶었다.

대체 어쩌면 좋을까—.

나는 몇 초간 생각한 후, 아이디어를 번뜩 떠올렸다.

“알겠어. 내가 브리지트에게 본심을 물어볼게. 그 대답은 당신이 직접 들어. 당신의 존재를 숨겨 줄 테니까.”

“존재를 숨긴다고……? 무슨 뜻이지?”

“저쪽이 쓴 작전을 빌리는 거야. 환술에는 환술을. 오두막에 들어가는 순간, 당신의 모습만 안 보이게 환술을 걸어 줄게.”

“뭐?! 환술 스킬까지 쓸 수 있는 건가……?!”

“별로 좋아하는 스킬은 아니지만 습득은 했어. 취향은 아니어도 서툴지는 않으니까 걱정하지 마. 실패는 안 해.”

톨킨은 「믿을 수가 없어……. 너무 대단하잖아……. 엄청난 남자와 만났어……」라고 중얼거렸지만, 여기 남고 싶다는 말은 더 이상 하지 않았다.

이제 정말로 오두막에 갈 수 있다.

◇◇◇

톨킨의 오두막은 숲속의 옛길을 벗어난 곳에 호젓이 서 있었다.

마치 어린아이의 장난감처럼 작고 사랑스러운 통나무 오두막이었다.

오랫동안 관리하지 않았다고 해서 삭았을 줄 알았는데 그렇지는 않았다.

보통은 잡초가 무성하게 자라고 나무가 썩지 않나?

하지만 오두막은 마치 누군가가 소중히 지켜 온 것처럼 멀쩡했다.

커튼이 쳐진 창문에서 어슴푸레한 빛이 새어 나오고 있었다.

나는 불안해 보이는 톨킨에게 고개를 끄덕여 주고서 라비의 손을 잡고 문 앞에 섰다.

똑똑.

노크하고 잠시 기다렸다.

희미한 인기척.

발소리가 다가왔다.

그 후 잠금을 푸는 소리가 나고 문이 천천히 열렸다.

그 순간을 노려 나는 환술 스킬을 영창했다.

《진실을 가리는 매혹의 힘, 그들을 현혹하라— 일루전.》

영창이 끝남과 동시에 나는 손가락으로 집고 있던 톨킨의 머리카락에 숨을 불었다.

톨킨의 머리카락에서 연기가 뭉게뭉게 피어올랐다.

연기는 검은색과 분홍색 기운으로 변해 마블링되듯 섞였고 순식간에 오두막 안을 가득 채웠다.

그리고 스르르 사라졌다.

환술이 걸렸다.

해제할 때까지 오두막 안에 있던 자들은 톨킨의 존재를 인식하지 못한다.

문을 연 젊은 여성은 멍한 얼굴로 눈을 깜빡거렸다.

손에는 스틱을 들고 있었다.

이자가 고용된 환술사일 것이다.

"아까 제 환술을 해제한 분이시죠?"

환술사는 입꼬리만 올려 미소 지으며 경계하는 눈으로 나를 보았다.

많은 환술사들처럼 그녀도 다양한 주술 도구를 몸에 착용하고 있었다.

허리에 찬 마스코트 같은 것은 자세히 보니 바싹 마른 만드라고라의 사체였다.

못 본 것으로 치자…….

"톨킨에게 고용된 자야. 그의 딸 브리지트는 여기 있나? 이야기를 하고 싶은데."

"그건……."

환술사는 말을 우물거리고서 내 전신을 다시 한 번 훑어보았다.

노골적으로 경계하고 있었다. 곤란한걸.

그때, 내 뒤에 숨어 있던 라비가 얼굴을 빼꼼 내밀었다.

"엇……?! 여자아이?!"

환술사의 눈이 크게 뜨였다.

"그래, 내 딸이야."

"어머……. 잠깐 기다려 주세요."

환술사는 일단 문을 닫았다.

아마 안쪽 방에 있는 브리지트에게 설명하고 있을 것이다.

대화 내용까지는 알 수 없었으나 두 여성이 이야기하는 소리가 희미하게 들려왔다.

기다리는 동안 톨킨을 보니 그는 식은땀을 필사적으로 닦고 있었다.

잠시 후, 문이 열리고 환술사가 다른 소녀를 데리고 나왔다.

이 소녀가 브리지트겠지. 브리지트는 나를 보고 나서 뒤에 있는 라비에게 시선을 보냈고 납득한 표정을 지었다. 그리고 우리 앞으로 걸어왔다.

"제가 딸 브리지트예요. 가족 싸움에 끌어들여서 죄송합니다."

브리지트가 고개를 숙인 뒤 천천히 얼굴을 들었다.

아빠와 싸우고 집을 뛰쳐나갈 정도이니 당돌한 아이일 줄 알았는데 전혀 그렇지 않았다.

난처하게 미소 지은 브리지트는 온화하게 생긴 사랑스러운 소녀였다.

27화 아저씨와 소녀, 톨킨 부녀의 인연을 되찾다

Enjoy new life
With my daughter

"단도직입적으로 묻겠는데 너는 뭘 바라고 있지?"

브리지트는 얼떨떨한 얼굴로 내 얼굴을 빤히 보았다.

"깜짝 놀랐어요. 빨리 집에 돌아가라고 설득하기 시작할 줄 알았거든요."

"물론 집에 돌아갔으면 좋겠어. 하지만 네 생각을 모르면 아무것도 해결되지 않아."

브리지트에게는 본인의 생각이 있을 테니 그걸 듣고 싶었다.

브리지트가 뭘 바라는지 알게 되면 그다음은 내 소관이 아니다.

뒷일은 아빠인 톨킨의 역할이다.

"강제로 데리고 돌아갈 수도 있지 않나요? 이전에 나타난 분이 그랬던 것처럼요."

"그런 짓은 안 해. 내 의뢰인이 바라지 않으니까."

"……."

"내 의뢰인, 너희 아버지는 그저 화해하고 싶은 것 같았어. 어떻게 하면 용서해 줄 거지?"

"아빠는 아무것도 모르네요……."

한숨을 쉰 브리지트는 창가로 다가갔다.

옆얼굴이 왠지 쓸쓸해 보였다.

"엄마가 세상을 떠난 뒤로 아빠는 일밖에 몰라요. 돈을 주면 제가 만족하리라고 생각하는 것도 화가 나요. 휴가 때마다 아빠가 제게 주는 건 외로움뿐이에요. 넓고 휑한 별장에서 홀로 보내는 휴가. 그게 얼마나 공허한지 아빠는 전혀 알아주지 않아요……."

브리지드의 목소리는 살짝 떨리고 있었다.

환술사가 옆으로 다가가 브리지트의 팔을 다정하게 쓸었다.

환술사는 브리지트가 느껴 온 고독에 진심으로 공감하는 것 같았다.

나는 복잡한 기분으로 브리지트의 심정을 들었다.

톨킨처럼 나도 모르는 사이에 잘못된 행동을 하진 않을지 불안했다.

라비를 쓸쓸하게 만들고 싶지는 않았다.

분명 톨킨도 그랬을 것이다.

아빠들의 서툰 애정이 괴로웠다.

"같이 휴가를 보내고 싶다고 몇 번이나 말했어요. 하지만 아빠는 고개를 가로저을 뿐이었죠……. 외롭다고 말했다면 달라졌을지도 몰라요. ……하지만 그랬는데도 거절당하면 어쩌나 싶어서 도저히 말할 수 없었어요……."

전하고 싶은 마음을 전할 수 없는 안타까움, 알아주길 바라는데 알아주지 않는 것에 대한 짜증.

그런 감정이 점점 커져서 뒤로 물러날 수 없게 됐다고 한다.

사람은 복잡한 생물이다.

솔직하게 마음을 전하면 되는데 얼기설기 뒤얽힌 미로에 들어가 버릴 때가 많다.

"즉, 이번에 가출한 이유는 『아빠와 휴가를 보내지 못해 외로웠기 때문』이라고 생각하면 되나?"

"……네."

작은 목소리로 대답한 브리지트가 무안한 듯 고개를 숙였다. 그때—.

"으…… 으어어어어엉……!!"

갑자기 아저씨의 굵직한 울음소리가 들렸다.

흠칫 놀라 돌아보니 톨킨이 폭포수처럼 눈물을 흘리며 엉엉 울고 있었다.

"어?! 대체 뭐죠……?!"

브리지트와 환술사는 나보다 더 놀라서 얼굴을 마주 보았다.

당연했다.

그녀들은 내가 쓴 환술 때문에 톨킨의 모습이 보이지 않으니까.

하지만 환술로 숨길 수 있는 것은 톨킨의 모습뿐이다.

이렇게 소리를 내면 역시 들켜 버린다.

뭐, 하지만 이 이상 모습을 숨겨서는 안 되겠지.

브리지트가 방금 한 말과 톨킨의 눈물.

화해하는 데 필요한 일은 이제 얼굴을 맞대고 솔직한 마음을 서로 전하는 것뿐이다.

나는 손을 들고 환술 스킬을 해제했다.

"아, 아빠……?! 어…… 어?! 이건 대체……?!"

아무도 없었을 터인 곳에 갑자기 톨킨이 나타나자 브리지트는 더 더욱 혼란스러워했다.

하지만 환술사는 어떻게 된 것인지 알아차리고 아연실색하여 나를 올려다보았다.

"말도 안 돼……. 환술사인 제게 환술을 걸은 건가요……?"

"그래. 그쪽의 행동을 흉내 냈어."

"당신도 환술사였군요……."

"아니. 나는 그저 환술 스킬을 쓸 줄 알 뿐, 전문가는 아니야."

"네?! 환술사는 환술에 내성이 있어요……! 그런데 이렇게 간단히 환술을 걸었으니 굉장한 실력자일 텐데요……?! 사실은 환술사죠?!"

환술사는 자존심이 상했는지 냉정함을 잃고 내게 따졌다.

"이, 이봐. 너무 가까워……."

뒤에는 벽이 있었다. 이 이상 후퇴하면 뒤에 있는 라비가 눌린다.

바싹 몸을 붙인 상태였기에 나는 환술사의 어깨를 잡고 살며시 밀었다.

"아…… 죄, 죄송합니다……. 무례하게 굴었네요……! 저보다 강한 환술사를 만나면 무심코 흥분해 버리거든요. 추태를 부려서 죄송합니다."

정신을 차린 환술사가 뺨을 붉게 물들이고 사과했다.

우리의 대화를 멍하니 듣고 있던 브리지트가 「환술……」 하고 중얼거렸다.

"……저희는 아빠의 모습이 안 보이는 환술에 걸려 있었던 건가요?"

"맞아."

"그렇다면 당신들이 나타났을 때부터 아빠도 줄곧 이 방에 같이 있었다는 건가요?"

"그래."

"제가 아빠를 어떻게 생각하는지 나불나불 떠드는 걸 줄~곧 듣고 있었다고요……?!"

"윽, 뭐, 그렇지."

"그, 그럴 수가……!"

순식간에 얼굴이 새빨개진 브리지트가 창피하다는 얼굴로 톨킨을 노려보았다.

"아, 아빠!!"

"힉……!!"

톨킨이 등을 곧게 펴고 흠칫했다.

"제 본심만 자백하게 하다니 비겁해요……!! 저만 창피하잖아요……!"

조금 전까지 브리지트는 숙녀의 귀감 같았는데.

지금은 다른 사람처럼 빽빽거렸다.

이성을 잃으면 성격이 변하는 구석은 환술사와 매우 비슷했다.

혹시 그래서 죽이 맞아 손을 잡게 된 걸까……?

그렇게 생각하고 있으니 톨킨이 도움을 구하듯 나를 돌아보았다.

아니, 나도 화난 여성을 달래는 재주 따위 안 갖고 있어.

하지만 내버릴 수는 없었다. 나는 결심하고 이야기에 끼어들었다.

"창피한 건 톨킨도 마찬가지일 거야. 다 큰 남자가 엉엉 소리 내어 울었으니까. 그 모습을 딸이 보고 말았어. 아빠는 딸 앞에서는 믿음직한 존재가 되고 싶어 하는 생물이야. 한심한 모습을 보였으니 필시 창피하겠지."

내 말에 톨킨이 힘차게 고개를 끄덕였다.

"아빠, 정말로 창피하다고 생각해……?"

"물론이지! 남들 앞에서 운 적 따위 없었는데……. ―하지만 브리지트. 나는 지금 흘린 눈물을 후회하지 않아."

톨킨은 젖은 뺨을 벅벅 닦고 다시금 브리지트를 보았다.

코는 빨갰고 눈도 아직 글썽거리고 있었다.

그래도 뭔가를 결심한 표정으로 딸을 바라보는 톨킨은 믿음직한 아빠의 얼굴을 하고 있었다.

브리지트도 그렇게 느낀 모양이었다. 화를 가라앉히고 아빠를 마주 보았다.

브리지트의 맑은 벽안에 희미한 기대가 담겨 있었다.

"브리지트, 미안하다. 나는 네 마음을 전혀 몰랐어. 엄마의 빈자리를 채워 주려면 부유한 생활을 안겨 주는 게 제일이라고 착각했어……. 몇 년이나 잘못을 눈치채지 못해서 정말 미안하다."

브리지트는 묵묵히 톨킨의 이야기를 들었다.

"브리지트, 이것만큼은 알아주렴. 네가 행복하길 바라지 않은 날은 단 하루도 없었어. 잘못된 선택을 했지만, 내 모든 행동은 너의 행복을 위한 거였단다."

톨킨이 무척 온화하게 미소 짓고서 딸의 손을 살며시 잡았다.

투박한 아빠의 손과 고운 딸의 손.

그 두 손이 확실하게 이어졌을 때, 브리지트의 눈에서 맑은 눈물이 넘쳐흘렀다.

"아빠는 바보구나. 나도 알고 있었어……."

"브리지트……! 앞으로는 일의 양을 줄이마. 확실하게 휴가도 낼게. ―그러니까 어릴 때처럼 또 같이 휴가를 보내 주겠니?"

"……약속을 어기지 않는다면."

"절대로 어기지 않으마!"

딱 잘라 말한 톨킨을 보고 브리지트의 표정이 상냥해졌다.

브리지트는 후후 웃고서 「이 오두막에서 휴가를 보내고 싶다고 해도 들어줄 거야?」라고 물었다.

"물론이지! 뭣하면 이 오두막으로 이사와도 좋아!"

"그건 좀 아닌데."

"그, 그런가, 좀 아닌가. 그럼 취소."

가차 없이 태클을 거는 딸.

허둥거리는 아빠.

이러니저러니 해도 사이좋은 부녀를 지켜보며 나는 라비를 끌어안았다.

라비가 조용히 「아빠, 잘됐다, 그치?」 하고 말했다.

나는 고개를 끄덕이고 라비의 머리를 다정하게 쓰다듬었다.

28화 아저씨와 소녀, 수영복을 사러 가다

Enjoy new life with my daughter

톨킨 부녀의 문제는 생각보다 빨리 해결했다.

다만 토이 베리에는 기분 전환도 겸해서 온 것이었기에 당초 예정대로 4~5일은 머물다 갈 생각이었다.

일은 더 하지 않기로 했다.

톨킨을 보고서 딸과 보내는 귀중한 시간을 되도록 소중히 여겨야 한다고 배웠기 때문이다.

"라비, 오늘은 뭐 하며 보낼까? 할 일은 이제 없으니까 둘이서 온종일 놀 수 있어."

졸린 눈으로 양치질을 하던 라비가 눈을 번쩍 떴다.

"아빠랑 놀 수 있어……?"

"그래. 어디 가고 싶어? 원하는 곳에 데려가 줄게."

모레 밤에는 톨킨의 저택에서 열리는 만찬회에 초대받았지만 그 외에는 예정이 없었다.

라비가 원하는 대로 지낼 수 있다.

"으음…… 으음……."

열심히 생각에 잠겨서 칫솔을 잡은 채 손이 멈춰 있었다.

나는 쓰게 웃고 라비를 가까이 불렀다.

아직 어린아이라 라비의 양치질은 어딘가 어색했다.

그래서 매일 마무리는 내 담당이었다.

"양치질하는 동안 생각해 봐."

라비가 칫솔을 주고 평소처럼 크게 입을 벌렸다.

나는 라비의 뺨에 손을 올리고 작은 치아를 하나씩 정성껏 닦아 나갔다.

"—좋아. 이 정도면 되려나. 다 됐어."

"아빠, 고마워……."

"천만에. 어디 갈지는 정했어?"

"응, 있지…… 바다에 가고 싶어……."

"바다인가. 알겠어. 그럼 바로 나가자."

오늘은 날이 화창했고 앞으로 기온도 꽤 오를 듯했다.

창문을 열어 확인하니 해변에는 이미 사람들이 모이기 시작한 상태였다.

아직 본격적인 여름은 아니지만, 요 며칠 낮에는 땀이 날 만큼 더웠다.

파라솔 아래에 누워 있는 사람들 중에는 수영복 차림인 자도 적지 않았다.

특히 물가에서 노는 아이들은 모두 수영복을 입고 있었다.

참방참방 물보라를 일으키며 뛰어다니는 모습을 보니 아이에게는 수영복이 단연코 좋을 듯했다.

"라비도 수영복을 사러 갈까. 옷 젖는 걸 걱정하지 않고 놀 수 있어."

라비가 놀라서 눈을 동그랗게 떴다.

"하, 하지만…… 옷이랑 신발이랑 리본도 사 줬는데……. 게다가 가방이랑 양말이랑 컵이랑…… 팬티랑 칫솔도."

"자, 잠깐잠깐. 그런 일용품은 신경 쓰지 마."

그보다 지금 처음으로 눈치챘다.

예쁜 딸에게 준 것이 거의 일용품뿐이라니 문제 아닌가.

……수영복도 일용품 같은 거지.

알고 있다.

물질을 안겨 준다고 다가 아닌 것은 톨킨 부녀가 가르쳐 줬다.

하지만 다른 점도 소홀히 하지 않으면 되는 것 아닌가?

라비와 보내는 시간도 소중히 하면서 라비가 기뻐할 만한 물건을 선물하고 싶었다.

분명 틀리지 않을 터다.

……수영복은 기뻐해 줄까?

여기서 갖고 싶냐고 물어봐도 라비의 성격을 생각하면 분명 사양할 것이다.

다만 라비는 표정에 생각이 쉽게 드러났다.

좋아. 일단은 실물을 보여 주고 반응을 확인하자.

◇◇◇

그런고로 나는 토이 베리의 중심부에 있는 커다란 잡화점에 라비를 데려갔다.

역시 해안가 도시라서 잡화점의 가장 눈에 띄는 공간에 수영복과 튜브가 진열되어 있었다.

"무늬가 되게 다양하네……."

나는 놀라며 라비를 돌아보았다.

라비가 고개를 끄덕거려 내답했다.

그 눈은 귀여운 여아용 수영복을 빤히 바라보고 있었다.

평소에 라비는 맛있어 보이는 음식을 앞에 뒀을 때나 이런 얼굴을 보여 줬었다.

다행이다! 관심이 있는 모양이네.

그렇다면 내게 더 이상 망설임은 없다.

라비가 괜히 사양하지 않도록 말을 걸며 라비의 마음에 든 수영복을 사 주고 싶다.

"라비는 어떤 게 좋아?"

"하지만 아빠…… 정말로 괜찮아……?"

"신경 쓰지 마. 앞으로 더 더워질 거야. 계속 쓸지도 모르고, 한 벌 가지고 있는 편이 좋겠지."

"응……."

"자, 무슨 색이 좋아? 여러 가지 형태의 수영복이 있는 것 같아."

"……아빠가 골라 줬으면 좋겠어."

"어?"

"아빠가 골라 주는 게 기쁘니까……."

"라, 라비……. ―알겠어! 책임지고 골라 줄게."

"응……!"

그나저나 정말로 종류가 풍부하다.

기능성을 중시한다면 역시 바지 타입이 좋겠지.

바다는 어린아이에게 위험한 장소이기도 하다.

안전을 생각한다면 심플한 디자인을 고르는 편이 좋을 것 같기도 했다.

하지만 나풀나풀한 원피스 타입 수영복은 라비의 귀여움을 더욱 부각시켜 줄 듯했다.

아니, 아니.

무슨 소리를 하는 거야.

라비라고. 세상에서 제일 귀여운 아이라고.

기능성을 중시한 단출한 남색 수영복을 입어도 분명 최고로 귀엽다.

시험 삼아 남색 수영복을 라비에게 대 봤다.

"으음……."

심플한 색감과 디자인이기에 라비의 소박한 귀여움이 두드러졌다.

다음은 나풀나풀한 분홍색 원피스를 대 봤다.

"으으음……!"

역시 예상했던 대로 라비의 꽃 같은 귀여움이 빛났다.

이번에는 빨간 줄무늬 수영복을 대 봤다.

"……큭."

살짝 요염한 분위기가 라비의 애교 있는 귀여움을 배증시켰다.

이거 곤란한데…….

"……안 되겠어……. 나는 못 고르겠어……. 라비가 너무 귀여워……."

"아, 아빠……?"

머리를 싸매고 신음하는 나를 라비가 걱정스럽게 보았다.

"저렇게 진지하게 딸의 수영복을 골라 주다니, 살뜰한 아빠네."

"정말로 사이좋은 아빠와 딸이야. 보고 있으니 힐링돼."

"나도 저런 남편을 갖고 싶어!"

"딸도 아빠를 아주 좋아하는 것 같아."

진열대 뒤편에서 나와 라비의 모습을 본 손님들이 그런 말을 했다.

하지만 라비와 보내는 시간에 푹 빠진 내 귀에는 외야의 목소리 따위 전혀 들리지 않았다.

29화 아저씨, 딸을 위해 바다를 갈라 전설이 되다

Enjoy new life
with my daughter

수영복을 고르는 데 예상보다 시간이 더 걸렸다.

내가 고르지 못했기 때문이다.

차라리 전부 사고 싶다고 생각했을 정도였으니…….

하지만 그랬더니 라비가 귀엽게 혼냈다.

"아빠, 낭비하면 안 돼……."

그렇게 말하며 평소에도 동그란 뺨을 볼록하게 부풀렸다.

딸이 화냈다는 톨킨의 이야기를 들었을 때는 몸이 덜덜 떨릴 정도로 무서웠었지만 이건 나쁘지 않았다.

뭐라 말할 수 없는 기분으로 마음이 따뜻해졌다.

수영복 얘기를 하고 있었지.

결국 나는 고를 수가 없어서 라비에게 최후의 판단을 맡기자 라비는 주저하며 리본이 달린 분홍색 원피스 수영복을 골랐다.

역시 귀여운 디자인을 좋아하는구나.

앞으로 참고하자고 생각했을 때—.

"아빠가 리본을 선물해 줘서…… 나 리본이 좋아졌어……."

너무나도 기쁜 이유에 감동했음은 말할 필요도 없다.

그리하여 어떻게든 라비의 수영복과 튜브를 사고 해변에 오자 아이들 대부분이 바다에서 헤엄치고 있었다.

역시 어른들은 물가에서 발을 담그고 있을 뿐이었지만 수영복을 입은 사람도 적지는 않았다.

기온은 쭉쭉 오르고 있으니 헤엄치고 싶어지는 것도 당연했다.

라비도 아이들을 부럽게 바라보고 있었다.

"라비도 헤엄치고 와. 다만 튜브는 꼭 잡고 있어야 한다?"

"응……! ……아, 하지만 아빠는……? 같이 안 가……?"

"걱정하지 마. 나는 해변에서 제대로 보고 있을게."

"계속 봐 줄 거야……?"

"그래, 한눈팔지 않고 지켜보고 있을게."

내 말을 들은 라비가 안심하고 말갛게 웃었다.

"너무 멀리 가지는 마."

"네~!"

생글생글 웃고서 튜브에 몸을 끼웠다.

양손으로 튜브를 받쳐 든 라비가 정말로 귀여웠다.

요즘 라비가 앞에 있으면 어휘력이 비참해진다.

귀여워. 천사. 그 정도 말밖에 안 나왔다.

귀여운 천사니까 어쩔 수 없나…….

라비는 싱글벙글 웃으며 물가까지 걸어갔다.

"꺄…… 차가워……! 하지만 기분 좋아……!"

신난 목소리로 말하고 그럴 때마다 나를 돌아보았다.

최고로 행복한 풍경이었다.

나는 이 순간을 절대 잊지 않도록 마음에 새겼다.

한동안 파도와 놀던 라비는 결심한 듯 바닷속으로 들어갔다.

"아빠, 지켜봐 줘……!"

"그래, 보고 있어!"

튜브로 둥둥 떠오른 라비가 기뻐하며 손을 흔들었다.

이쩜 저렇게 귀엽지.

나는 행복한 기분으로 손을 마주 흔들었다.

"아빠…… 보여……?"

"그래! 보여!"

둥실둥실둥실둥실, 라비가 물결 사이를 떠돌았다.

그 작은 모습이 점점 작아졌고—.

응……?

어라……?

"아……빠……."

"……?! 라비……!!"

아, 안 돼!

라비가 떠내려가고 있어……!!

이대로 두면 점점 먼바다로 갈 거야……!

나는 보기 드물 정도로 당황해서 물 마법을 영창했다.

《공백의 혼에게 사랑을 갈구하는 물의 성령이여, 은혜의 물을 내리소서— 물 마법 운디네!!》

물 마법을 쓰면 이미 존재하는 물을 마음대로 조종할 수 있다.

조종하고 싶은 수량에 따라 강한 마력과 마법 기술이 필요하지만, 라비를 위해서라면 뭐든 할 수 있었다.

"우오오오오오오오……!!"

나는 낮게 외치며 바닷물을 둘로 갈랐다.

물이 조금씩 좌우로 갈라지며 그 사이에 길이 생겼다.

떠내려가던 라비에게까지 길이 생긴 순간에 가장 많이 신경을 썼다.

갑자기 물이 사라져서 모래땅에 내던져지면 다친다.

라비를 에워싼 물도 내 뜻대로 움직여서 모래 위로 라비를 옮긴 다음 소멸시켰다.

나중에 생각해 보니 물을 조종할 수 있다면 라비를 모래사장까지 옮기면 그만이었다.

하지만 냉정함을 잃은 내 머릿속에는 내가 직접 구하러 가는 방법밖에 안 떠올랐다.

"으어어어어어어?! 바다가 갈라졌어?!"

"저게 뭐야……?!"

한계까지 눈을 부릅뜬 사람들이 야단법석을 피우기 시작했다.

나는 흥분한 사람들의 술렁거림을 뒤로하며 라비 곁으로 달려갔다.

주변 사람들이 뭐라 하든 상관없었다.

"라비! 무사해?!"

라비는 갈라진 바다 한가운데서 멍하니 입을 벌린 채 서 있었다.

"괜찮아? 라비!"

라비 곁에 도달함과 동시에 튜브와 함께 라비를 안아 들었다.

"괘, 괜찮아……."

"아무 데도 안 다쳤지?!"

"응, 아무렇지도 않아……. 아빠, 걱정 끼쳐서 미안해……."

"아냐, 괜찮아. 네가 무사하다면 됐어."

라비를 꼭 끌어안았다.

파도에 떠밀려 라비가 점점 멀어질 때 느꼈던 공포는 아직 마음 속에 소용돌이치고 있었다.

지금껏 어떤 위기에 처했을 때도 이렇게까지 무섭지는 않았었다.

"대단하다…… 저 아저씨……. 떠내려간 딸을 구하려고 바다를 가른 거야……?"

"아무리 마법을 쓸 수 있어도 보통 저런 일은 불가능하잖아……?!"

"그야 그렇지……. 바다가 갈라진 거 처음 봤어……."

"나도……. 이건 이 도시의 전설이 되겠는데……."

"관광지에 안성맞춤인 전설이야!"

내가 라비를 안은 채 모래사장에 돌아오니 어째선지 사람들이 선망의 눈길을 보내왔다.

왜 그런 눈으로 보는지 알 수 없었다.

라비는 주목받는 것이 부끄러운지 얼굴을 숨기듯 내게 달라붙었다.

참고로 이후 토이 베리의 모래사장에는 『해신이 내려와 사랑하는 딸인 여신을 위해 바다를 가른 전설의 땅』이라는 간판이 세워졌다는 모양이다.

전설의 장소를 보기 위해 사람들이 토이 베리에 몰려들어서 해

수욕객이 이전보다 세 배 이상 늘어났다고 한다.

여행지에서 받은 톨킨 부녀의 편지로 그 사실을 알고 나와 라비는 충격을 받지만, 그건 또 다른 이야기다.

30화 아저씨와 소녀, 작별의 밤에는 성대한 잔치를

Enjoy new life
With my daughter

이튿날 저녁 무렵.

나와 라비는 톨킨이 소유한 프라이빗 비치에 갔다.

톨킨이 이번 일의 답례라며 성대한 잔치를 열어 줬기 때문이다.

해변에는 여러 철판이 늘어서 있었고, 고기와 야채, 갓 잡은 어패류가 아낌없이 제공되었다.

모인 인원수는 300명에 가까웠다.

술과 과일이 차려진 카운터 뒤쪽에는 음악대가 있어서 경쾌한 곡을 연주하여 대연회의 흥을 돋웠다.

우리를 위해 이렇게 훌륭한 잔치를 열어 주다니, 미안한 마음이 들었다.

하지만 다른 초대객들이 즐거워 보여서 사양하는 말은 삼킬 수밖에 없었다.

나는 사람들이 밝게 즐거워하는 모습을 보는 것을 좋아했다.

이건 우리뿐만 아니라 모두를 위한 잔치라고 생각하니 조금은 마음이 편해졌다.

담소하는 사람, 손을 맞잡고 춤추는 사람, 유리잔을 들고 건배하는 사람.

아무튼 웃음이 끊이지 않았다.

매우 분위기가 좋은 잔치였다.

무엇보다 라비가 기뻐 보였다.

내게는 그게 전부와도 같았다.

라비가 행복하다면 아무런 문제도 없다.

"라비, 새우가 구워져서 받아 왔어."

"와아! 크다!"

접시에 담긴 거대한 새우를 보고 라비가 눈을 반짝였다.

라비의 말대로 토이 베리의 특산인 새우는 매우 커다랬다.

"살이 꽉 차 있어서 맛있대. 껍질 벗겨 줄 테니까 잠깐만 기다려."

나는 새빨간 새우를 양손으로 들고 뚝 부러뜨렸다.

탱글탱글한 흰 살에서 김이 피어올랐다.

입안에 상처가 나지 않게 정성껏 껍질을 제거하고 라비의 입으로 새우를 가져가자 라비가 작은 입을 크게 벌리고 덥석 물었다.

마치 새끼 새 같아서 사랑스러웠다.

"어때? 맛있어?"

"응~! ……탱글탱글하고 맛있어……!"

라비가 행복해하며 양손으로 뺨을 감쌌다.

나는 고개를 끄덕이고 다음 새우를 까기 시작했다.

"고기는 아직 있어? 더 가져올까?"

"아, 잠깐만……. 아빠도 먹었으면 좋겠어……. 자, 아~ 해."

"……?!"

라비가 해맑게 웃으며 포크로 찍은 고기를 내밀었다.

아~ 해서 받아먹으라고……?!

이, 이건…… 역시 부끄럽다. 하지만 내가 거부하면 분명 라비가 상처 받는다.

애초에 라비의 상냥함을 거부하고 싶지 않았다. 대체 어쩌면 좋지…….

"아빠, 얼른 입 벌려 줘……."

"윽……."

젠장, 마음을 굳게 먹자……!

나는 수치심을 억지로 쫓아내고 입을 벌렸다.

"……냠…… 우물우물우물……."

"아빠, 맛있어?"

"으, 응…… 맛있어."

"다행이다……."

나도 다행이다……. 역시 마음을 굳게 먹는다는 선택은 틀리지 않았다. 기뻐하는 라비를 보며 나는 그렇게 생각했다.

"하하하! 변함없이 사이가 좋네. 더글러스 씨, 라비 양. 어때? 잘 즐기고 있어?"

돌아보니 톨킨 부녀가 있었다.

"오늘은 배불리 먹고 가세요. 제가 추천하는 요리는 족발 직화구이예요."

"브리지트는 직화구이를 아주 좋아하니 말이지."

"어머, 아빠도 마찬가지잖아."

브리지트는 작게 웃었고 톨킨은 얼굴이 헤벌쭉 풀어져 있었다.

나와 라비도 아마 옆에서 보면 이런 느낌이겠지.

아무튼 엇갈림을 극복한 두 사람이 사이좋은 가족으로 돌아와서 진심으로 다행이었다.

"더글러스 씨, 라비 양, 정식으로 감사 인사를 하고 싶어. 정말 고마워. 의뢰를 받아 준 사람이 더글러스 씨가 아니었다면 분명 브리지트와 화해하지 못했을 거야."

"그렇지는……."

"아니, 정말이야. 더글러스 씨와 라비 양의 모습이 나를 일깨워 줬으니까."

"아빠 말이 맞아요. 여러분은 저희 부녀의 은인이에요."

"이 은혜는 평생 잊지 않겠어."

톨킨은 양손으로 내 손을 잡고 힘 있게 악수했다.

그에게서는 이미 셀 수 없을 정도로 많은 감사를 받았다.

심지어 받은 보수는 맨 처음 들었던 액수의 두 배였다.

이렇게 많이 받을 수는 없다며 허둥지둥 돌려주려고 했지만 톨킨은 받으려고 하지 않았다.

그러면서 이 돈으로 방범용 마법 쿠쿠새를 사라고 했다.

아마 정보상 햄이 나를 소개할 때 이야기했을 것이다.

최종적으로 라비를 위해서도 받아 달라고 해서 내가 꺾이게 되었다.

그러고 있을 때—.

"……저기, 영웅 더글러스 씨에게 사인 한 장만 부탁드려도 될까요……?"

여, 영웅……?

말을 걸어온 아저씨를 보니 그는 겨드랑이에 숨기고 있던 사인 용지를 뒤적뒤적 꺼내고 있었다. 나는 흠칫하여 반사적으로 라비를 등 뒤에 숨겼다.

발자크에서 있었던 소동이 뇌리를 스쳤기 때문이다.

토이 베리에서는 첫날 호텔에서 한 번 의심받았을 뿐, 전혀 난리가 벌어지지 않았기에 마음을 푹 놓고 있었는데, 설마 또 그런 소동이 벌어지는 걸까……. 내가 그렇게 걱정했을 때—.

"이봐, 무슨 소릴 하는 거야. 그딴 건 집어넣어! 유난스레 난리를 피우거나 민폐를 끼치지 않겠다고 약속하고서 잔치에 참가했을 텐데?!"

지금껏 온화한 표정을 짓고 있던 톨킨이 처음 만났을 때 같은 험악한 얼굴로 남자에게 일갈했다.

"아…… 죄, 죄송합니다……! 저도 모르게 무심코……."

뭐지……?

어떻게 된 거야?

"무심코 같은 소리 하네! 선행으로 사람들을 구한 영웅에게 폐를 끼치다니 언어도단이야. 그를 동경한다면 더더욱 그렇고! 난리를 피울 게 아니라 그에게 도움이 될 만한 행동을 해야지."

"넵……! 죄송합니다……!"

"맞아요! 저도 사실은 더글러스 씨의 무용담을 꼬치꼬치 캐묻고 싶지만 이렇게 꾹 참고 그늘에서 가만히 관찰만 하고 있다고요! 혼자만 욕심 채우려고 하지 마세요!"

브리지트를 숨겨 줬었던 환술사 여성이 씩씩거리며 화냈다.

참고로 이름은 타냐라고 했다.

보수를 받을 때 톨킨에게 들었는데, 타냐는 브리지트의 마법 학교 선배였다.

그리고 또 하나.

톨킨이 몰래 들려준 이야기가 있었다.

아무래도 브리지트는 그 숲속 작은 오두막을 몇 년이나 직접 관리했다는 모양이다.

그 이야기를 듣고 처음 오두막을 봤을 때 느꼈던 위화감의 수수께끼가 풀렸다.

브리지트는 아빠와의 추억이 남은 오두막을 아주 특별하게 생각했기에 소중히 지키고 싶었을 것이다.

내게 그 이야기를 들려준 톨킨은 정말로 기뻐 보였다.

아무튼 이 부녀가 화해해서 다행이었다.

내가 그렇게 생각하고 있으니—.

"정말로 미안해, 더글러스 씨. 불쾌한 경험을 하게 했어……."

톨킨이 그렇게 말하며 고개를 숙였다.

나는 웃으며 고개를 가로저었다.

"아니, 신경 쓰지 마."

"실은 발자크에서 얼마나 난리가 났었는지 신문으로 읽어서 알고 있었어. 그래서 똑같은 일이 벌어지지 않도록 조심했는데……."

"그랬군. 배려해 줘서 고마워."

"발자크에서는 쫓아다니는 사람들 때문에 힘들었지? 하여간 구경꾼 근성을 가진 사람들이 문제야."

나는 뭐라고 대답해야 할지 망설이며 턱을 짚었다.

"돌아가면 기자와 한번 이야기해 볼 생각이야. 그리고 앞으로는 괜히 눈에 띄지 않게 신중히 행동해야겠지."

"으음……. 그건 노력해 봤자 소용없을 것 같은데."

"저도 그렇게 생각해요……."

톨킨 부녀는 눈썹을 늘어뜨리고서 곤란한 얼굴로 마주 보았다.

우리 이야기를 들은 주변 사람들도 팔짱을 끼고 고개를 끄덕였다.

"왜 소용이 없어……?"

내가 곤혹스러워하며 묻자 어깨를 으쓱인 브리지트가 「더글러스 님은 특별한 분인걸요」 하고 대답했다.

"맞아. 그 대단함을 감추는 건 어떻게 생각해도 불가능해."

"당신만큼 강하면 어떻게 해도 주목을 모으게 돼요! 설령 당신이 눈에 띄지 않으려고 해도 세상이 내버려 두지 않아요!"

톨킨과 타냐가 그렇게 말하자 그 말이 맞다며 다들 밝은 목소리로 동조했다.

"하하하! 더글러스 씨, 눈에 띄지 않으려는 노력 말고 다른 방법을 생각하는 편이 좋겠어."

"웃을 일이 아니야!"

내가 당황할수록 모두의 웃음소리가 커졌다.

"가는 곳곳마다 전설을 만들어 버리는 사람이니 말이지."

"앞으로도 사람들이 당신을 내버려 두지 않을 거야!"

"아하하, 맞아!"

잔치에 초대된 손님들이 일제히 와하고 웃었다. 라비도 싱글벙글 웃으며 「아빠, 곤란하게 됐네」 하고 말했다.

나는 머리를 긁적이며 쓴웃음으로 대답했다.

31화 아저씨와 소녀, 라비의 별난 부탁

Enjoy new life
With my daughter

톨킨 부녀와 사람들의 배웅을 받으며 토이 베리를 떠난 지 이틀.

나와 라비는 섬뜩한 기운이 감도는 숲속을 터벅터벅 걷고 있었다.

이틀 전까지는 그렇게나 날씨가 좋았는데, 멀리 머리 위에 펼쳐진 하늘은 두꺼운 구름에 덮여 있었다.

습한 바람은 차가워서 다시 코트가 필요한 나날로 되돌아갔다.

날씨가 안 좋기 때문일까.

눈에 비치는 모든 것이 빛바래 보였다.

썩어 가는 나무줄기, 지면에 깔린 시든 잎, 축축한 흙.

새의 울음소리도 공허하여 더더욱 기분이 가라앉았다.

왜 비아조 선장이 기항하는 날을 기다리지 않고 도보로 발자크에 돌아가는 방법을 택했는가 하면.

잔치가 열렸던 밤, 토이 베리 사람들에게 들은 소문 때문이었다.

우리가 비아조의 배를 타고 내려온 강의 오른편에는 깊고 광대한 숲이 펼쳐져 있었다.

배를 쓰지 않고 여행하는 사람은 숲길을 이용하게 되는데, 이 숲에서 유령을 봤다는 이야기가 몇 년 전부터 끊이지 않는다고 했다.

“젊은 남자 유령이 도와달라면서 여행자를 쫓아다닌대.”

"더글러스 씨, 배를 이용해서 다행이야! 유령과 맞닥뜨리기는 싫지?"

"그렇지. 라비가 무서워할 일은 피하고 싶어. 걱정하지 마, 라비. 돌아갈 때도 배를 탈 거니까."

그렇게 말하고 옆에 있는 라비를 돌아보니 라비는 머뭇거리며 입술을 살짝 내밀었다.

뭔가 하고 싶은 말이 있다.

하지만 말을 꺼낼 수 없다.

그런 표정으로 보였다.

"왜 그래? 라비."

"……유령, 보고 싶어……."

이건 예상하지 못한 대답이었다.

"……라비, 유령 안 무서워?"

"유령이 무서워……?"

라비가 어리둥절한 모습으로 고개를 갸웃했다.

"으음…… 본 적이 없어서 무서운지 모르겠어……."

"그렇군……."

"그래서 보고 싶어……."

조심스럽게 졸랐다.

평소에 좀처럼 바라는 걸 말하지 않는 라비가.

용기를 내서 나에게 조르고 있었다.

언데드 같은 악령이라면 문제지만, 단순한 유령에게는 아무런 힘도 없다.

“……목격된 유령이 마물은 아니지?”

내가 묻자 토이 베리 사람들이 웃으며 고개를 끄덕였다.

“악령이었다면 진작에 숲이 봉쇄되고 성자 파티가 파견됐을 거야.”

“뭐, 그렇겠지.”

“그 녀석은 숲에 있는 동안 귀찮게 따라다닐 뿐이야. 다만 보통은 유령이 따라다니는 것만으로도 무섭게 느끼잖아?”

위해를 가하는 종류의 유령은 아닌 듯했다.

물론 악령일 경우에도 신성계 스킬로 대처할 수 있었다.

라비에게 위해가 미칠 일은 절대로 없다.

걱정되는 것은 단 하나.

악령이 라비를 위협하거나 겁을 주지 않을까 하는 점이었다.

이건 내 스킬로 어떻게 할 수가 없으니까…….

“라비, 유령이 널 겁줄지도 몰라. 그래도 괜찮아?”

“……그러면 아빠, 꼭 안아 줄래?”

“무, 물론이지……!”

“아빠가 꼭 안아 준다면 무서운 일이 벌어져도 괜찮아…….”

“……으윽.”

나는 헤실거리려는 입을 황급히 손으로 덮었다.

하지만 나만 그런 게 아니었다.

그 자리에 있던 어른들은 남자든 여자든 다들 라비의 귀여움에 당해서 헤벌쭉 녹아내린 표정을 짓고 있었다.

◇◇◇

—그런 일이 있어서 지금.

나와 라비는 유령이 나온다는 어두운 숲속에 있는 것인데—.

"아빠, 저 사람……."

"그래."

"……."

숲길에 나란히 선 나와 라비.

그런 우리와 대치한 자가 한 명.

호리호리한 장신의 청년이었다.

청년은 울창하게 우거진 나무들 속에서 우리를 빤히 바라보고 있었다.

생기가 느껴지지 않는 공허한 눈으로…….

"아빠, 진짜 유령이야……?"

"음…… 진짜인 것 같아. 굉장히 창백하고, 저렇게나 다쳤는데 태연하게 있는 건 부자연스러워. 무엇보다 몸이 반투명해."

"아, 저기…… 저는 틀림없이 유령입니다."

놀랍게도 유령은 아주 평범하게 우리의 대화에 참여했다.

변함없이 눈은 공허했지만 그의 목소리에서 적의는 느껴지지 않았다.

"굉장해……! 아빠, 유령 씨가 자기는 유령이래……."

"음. 직접 밝힐 정도니 확실히 진짜겠지."

"와아! 그럼 진짜 유령을 만난 거네."

라비는 정말로 유령이 무섭지 않은 듯했다.

오히려 호기심 가득한 눈을 반짝거리고 있었다.

라비가 무서워하지 않는다면 문제없다.

나는 언데드를 많이 만나 봐서 죽은 자는 익숙했다.

"어……. 너희는 내가 안 무서워?!"

우리의 반응을 보고 유령이 동요한 것 같았다.

그는 미안한 듯 몸의 절반을 나무 뒤에 숨긴 채 기대 어린 눈길을 보내며 우리에게 물었다.

"정말로 안 무서워……? 도망치지 않을 거야?"

나는 어깨를 가볍게 으쓱이고 고개를 끄덕였다.

그 순간 유령의 표정이 밝아졌다.

"이야기를 들어 주는 사람은 오랜만이야……!! 아아, 고마워라……!!"

유령 청년은 하늘을 보며 외치고서 흥분하여 달려왔다.

하지만 오른쪽 어깨가 빠져 있고 왼쪽 다리는 엉뚱한 방향으로 꺾여 있어서 제대로 뛰지 못했다.

절뚝거리며 슬슬 다가온다는 표현이 더 정확했다.

"아아, 진짜! 미치겠네. 이 몸은 뛰기 힘들어서 곤란하다니까. 왼쪽 다리가 90도로 꺾여 있으니 말이지. 고치려고 해 봤지만, 이것 좀 봐!"

유령 청년이 자기 다리를 뚝 꺾어 정상적인 위치로 되돌렸다.

하지만 직후에 다시 경쾌하게 뚝 부러지는 소리가 나더니 다리가

90도로 꺾여 버렸다.

"하하! 너무하지?! 하지만 좀 웃겨! ―아, 이게 아니라! 다리는 어찌 되든 좋아!"

떠들썩한 유령은 흥분하여 더욱 거리를 좁혔다.

가까워, 가까워.

유령을 흥미롭게 바라보던 라비도 그의 기세에 압도되어 내 뒤에 숨어 버렸다.

"이봐, 조금 진정하는 게 어때?"

나는 라비를 안아 들고 남자를 보았다.

"아아, 미안! 기뻐서…… 당신들 같은 사람을 줄곧 기다렸거든……!!"

흥분한 유령 청년이 우리를 안으려고 했다.

그 몸이 스르르 통과했다.

"아! 맞다. 하하! 나 유령이라서 포옹 못 하지, 참."

"……."

나와 라비는 남자의 기세에 눌린 채 얼굴을 마주 보았다.

죽은 것치고는 굉장히 밝은 남자였다.

몸이 반투명하지 않았다면 죽은 사람이라고 여기지 않았을지도 모른다.

유령은 조용하고 의사소통이 어려운 존재라고 생각했는데…….

실제로 언데드는 신음할 뿐, 명확한 말을 하지 못했다.

"사실은 악수나 포옹을 하고 싶지만. 죽은 탓에 못 하니까 마음만 받아 줘! 나는 브루노. 진짜 염치없는 짓이라 미안하지만……

일생일대의 부탁이야! 제발 저 좀 도와주세요……!!”

……일생일대의 부탁이라니, 당신 이미 죽었잖아.

나는 속으로 태클을 걸며, 브루노라고 이름을 밝힌 청년의 이야기를 일단 들어 보기로 했다.

32화 아저씨와 소녀, 유령의 이야기를 들어주다

Enjoy new life with my daughter

유령과 서서 대화하기도 뭣하여 이야기를 들으며 점심을 먹기로 했다.

"그렇다면 좋은 곳이 있어! 이 숲속에서 비교적 햇빛이 잘 드는 곳으로 안내할게! 자, 이쪽이야, 이쪽!"

"너무 길을 벗어나지는 않았으면 좋겠는데."

"괜찮아. 여기서 조금만 더 가면 돼. 그리고 나는 유령이 되어 이 숲을 배회한 지 오래됐거든. 숲의 터줏대감이나 마찬가지니까 걱정하지 마!"

그건 득의양양하게 할 말인가……?

"행복한 식사 시간이잖아. 조금이라도 밝고 기분 좋은 곳에서 먹고 싶지 않아?"

브루노의 말은 일리 있었다. 라비가 기분 좋은 곳에서 식사했으면 좋겠다.

"알겠어. 안내해 줘."

만에 하나 길을 잃더라도 나침반과 스킬을 써서 타개할 수 있다.

「아이가 생기면 걱정이 많아진다」고 예전에 누군가가 했던 말이 문득 떠올랐다.

하지만 이번에는 내 걱정도 기우로 끝났다.

브루노가 데려가 준 꽃밭은 어둑한 길을 벗어나자 바로 나왔다. 나뭇잎 사이로 햇빛이 어룽어룽 비쳐 드는 곳이었다.

"와아……! 예뻐……! 아빠, 꽃이 잔뜩 피어 있어……!"

라비가 기뻐하며 주위를 둘러보았다.

우리의 눈앞에 꽃 융단이 펼쳐져 있었다.

이 주변에만 드는 햇빛을 받고 꽃들이 기분 좋은 듯 몸을 살랑거렸다.

"놀라운걸. 길을 살짝 벗어났을 뿐인데 이렇게 분위기가 다른 곳이 나오다니. 안내해 줘서 고마워."

"나도 줄곧 이 꽃밭을 누군가에게 가르쳐 주고 싶었어. 독차지하기에는 아까울 정도로 예쁘지? ―자, 앉아서 식사해!"

"그, 그래."

브루노는 유령이므로 당연히 아무것도 먹지 않는다.

그런 상대 앞에서 식사하는 것은 좀 그렇지 않을까 싶었지만, 브루노가 말하길 「식사 자리에 동석하는 것도 몇 년 만이라서 참가할 수 있는 것만으로도 기뻐!」라고 했다.

밝게 웃는 얼굴에 그늘은 없었다. 아마 진심에서 우러나온 말이겠지.

그렇다면 괜히 거리끼지 말자.

나는 포장해 둔 빵과 치즈를 꺼내 나이프로 얇게 썰어서 샌드위치 2인분을 만들었다. 그러는 사이에 차를 마시기 위한 물도 끓였다.

치즈는 나이프 끝으로 덩어리째 찔러서 가볍게 구웠다.

라비는 녹인 치즈를 빵 위에 올려 먹는 것을 좋아했다.

"—사실 나는 이 꽃밭을 찾아 숲에 왔었어. 내 고향에서는 이 파란 꽃을 영원한 사랑을 약속하는 꽃이라고 하거든……. 그래서 결혼식 날 약혼녀에게 선물하면 기뻐해 주지 않을까 싶었어."

식사를 시작하려던 나와 라비의 손이 멈췄다.

브루노가 가리킨 파란 꽃은 아주 작았다.

다른 꽃과 비교하여 전혀 두드러지지 않았고, 어디에나 있을 법한 들꽃이었다.

"아! 멋대로 얘기하는 거니까 신경 쓰지 말고 식사해!"

"그, 그래…… 얘기를 계속해 줘. 라비, 먹자."

"으, 응……."

신경 안 쓰기 어려운 내용이었다.

나는 평소보다 급하게 샌드위치를 먹었다.

"생전의 나는 작은 마을의 관청에서 서기관으로 일했어. 그래서 모험은 당연히 한 번도 한 적이 없었어."

그렇게 말하고 브루노는 그리워하는 표정을 지었다.

"마을은 여기서 한나절쯤 걸리는 곳에 있어. 그렇게 멀지는 않지. 하지만 만약 세계의 끝으로 가는 모험이었더라도 역시 나는 여행을 떠났을 거야. 왜냐하면 나는 약혼녀를 매우 사랑하니까! 그 사람의 기쁨을 위해서라면 뭐든 할 수 있어."

"그렇지. 그 마음은 나도 잘 알아."

"그치?! 그래서 나는 결심하고 숲으로 향했어. 당시의 나는 꽃밭이 어디 있는지 정확한 장소를 몰랐어. 꽃을 가지고 돌아온 사람도 마을에는 꽤 있었지만, 장소를 물어보고 가는 건 편법이라는 생각이 들었거든."

"그럼 무작정 숲을 헤맨 건가……?"

"그 표현은 좀 그런데. 나는 사랑이 인도해 주리라고 믿고 있었어! ―하지만 결국 조난당했어."

"……."

"깊은 숲속에서 완전히 길을 잃은 지 사흘. 그날은 비가 심하게 내렸어. 나는 어쨌든 숲에서 나가려고 계속 돌아다녔어. 너무너무 추워서 견딜 수가 없었고, 살짝 안개도 껴 있었어."

라비가 샌드위치를 반절 이상 남긴 채 내 팔에 달라붙었다.

하지만 「그만 들을래?」라고 묻자 고개를 휘휘 가로저었다.

샌드위치는 이제 됐다고 해서 나중에 먹고 싶어졌을 때 먹으라고 싸 두기로 했다.

어린아이의 감수성은 어른이 생각하는 것보다 더 풍부하다.

라비와 하루하루를 보내며 그 사실을 몇 번이나 통감했다.

귀를 막고 눈을 감게 해서 라비가 상처 받지 않도록 지킬 수도 있을 것이다.

하지만 그래서는 안 된다고 지금까지의 경험이 내게 가르쳐 줬다.

라비가 바란다면 세상에서 일어나는 일과 마주하도록 도와주고 싶었다.

만약 그래서 라비가 상처 받는다면 그때가 바로 내가 나설 차례다.

"……그만 얘기할까?"

"아니, 괜찮아, 브루노. 계속해 줘."

브루노는 라비와 나를 번갈아 본 후, 아까보다 목소리 톤을 낮춰 자신에게 일어난 일을 이야기했다.

"절벽 옆을 걷다가 진창에 발이 미끄러졌어. 위험하다고 생각했을 때는 몸이 허공을 날고 있었지. 그대로 절벽 아래로 곤두박질쳤어. 지면에 세게 부딪힌 순간, 목과 어깨와 다리의 뼈가 동시에 이상한 소리를 냈어. 이어서 정신이 들었을 때, 나는 피 웅덩이에 누운 내 몸을 위에서 내려다보고 있었어. 자신이 죽었음을 깨닫기까지 사흘. 그걸 받아들이기까지 한 달이 걸렸어."

뭐라고 할 말이 없어서 나는 그저 고개를 끄덕여 대답했다.

"여행에 나선 건 후회하지 않아. 사랑하는 사람을 위해 한 행동이니까! 어떤 의미에서 행복하게 죽었다고 할 수 있지."

그런 소중한 상대를 남기고 죽었는데 어째서 이 남자는 이렇게 웃을 수 있을까.

내 의아한 시선을 알아차렸는지 브루노는 애매하게 웃고서 말을 덧붙였다.

"물론 죽은 직후에는 엄청나게 낙담했어. 하지만 긍정적인 성격이 내 장점이거든. 약혼녀도 그런 점을 좋아한다고 했었어. 그러니까 유령이 됐어도 웃어야지!"

헤헤 웃으며 브루노는 쑥스러워했다.

약혼자 이야기를 할 때면 창백한 얼굴로도 굉장히 행복해 보였다.

약혼자를 아주 많이 사랑했을 것이다.

"나는 죽어 버렸지만 약혼녀가 좋아했던 나인 채로 있고 싶어."

"그렇군……."

"……그래서 여기서부터가 본론인데, 『나』를 고향에 보내 주면 안 될까……?"

"시신을 옮겨 달라는 건가?"

브루노는 미안해하며 고개를 끄덕였다.

"실은 몇 번이나 이 숲을 나가려고 했어. 하지만 정신 차리고 보면 죽은 곳으로 돌아와 있어. 영혼이 육체에 묶여 있는 게 강하게 느껴져. 아마 몸이 여기 있는 이상, 나는 숲을 나갈 수 없을 거야……."

"고향에 돌아가고 싶나?"

"약혼녀를 곁에서 지켜보고 싶어……. 유령이 된 나는 이제 그 정도밖에 못 해 주니까……."

브루노의 바람은 알았다. 그럼 어쩔까—.

라비에게 시선으로 묻자 작은 목소리로 「……유령 씨를 도와줄 거야?」 하고 되물었다.

나는 라비의 머리를 쓰다듬고 고개를 끄덕였다.

"브루노. 우리가 할 수 있는 범위에서 도와줄게."

"어……?! 말도 안 돼?! 정말로?!"

"이봐이봐. 네가 부탁해 놓고 왜 그렇게 놀라."

"이제껏 이야기를 들어 준 사람은 딱 세 명 있었어. 하지만 다들 도와줄 수는 없겠다고 했어. 유령이라 사례금을 못 낼 거라면서……. 그 사람들 말이 맞으니까, 정말로 괜찮은 건가 싶어서.”

“사람을 돕는 건 답례를 바라고 하는 일이 아니잖아.”

사람이라고 할까, 이번에는 유령을 돕는 거지만, 그건 넘어가고.

내 대답을 들은 브루노는 눈을 크게 뜨고 부들부들 떨기 시작했다.

“이렇게 착한 사람이 다 있다니……!!”

“아니, 이 정도는 평범한 사고방식이잖아.”

“그렇지 않아!! 나는 5년 가까이 이 숲에 있으면서 여행자를 쫓아다녔지만, 당신 같은 사람과 만난 건 처음이야! 정말로 감동했어……!!”

“아, 아빠, 유령 씨 울어…….”

브루노가 호쾌하게 눈물을 흘리며 「감동했어!!」라고 되풀이했다.

내 소매를 잡은 라비는 브루노의 기세에 압도되어 눈을 끔뻑였다.

솔직히 라비처럼 나도 놀랐다.

우리 두 사람은 굳이 따지자면 감정 표현이 소극적인 편이니까.

울고 소리 질러 기쁨을 표현하는 브루노와는 정반대 타입이었다.

라비는 맛있는 음식을 먹었을 때나 기쁜 일이 일어났을 때, 귀엽게 생글생글 웃는다. 슬플 때는 시무룩하게 어깨를 떨구고 고개를 숙인다.

하지만 기쁠 때도 슬플 때도, 귀를 기울이지 않으면 들리지 않을 듯한 목소리로 「기뻐……」, 「슬퍼……」 하고 중얼거리는 정도였다.

그 속삭이는 듯한 목소리가 내게는 얼마나 보배로운지.

이런, 이야기가 샛길로 빠질 뻔했다.

아무튼 브루노의 너무나도 풍부한 감정 표현은 우리 부녀에게 충격을 줬다.

근데 유령도 눈물을 흘리는구나…….

33화 아저씨, 낭떠러지 따위 아랑곳하지 않다

Enjoy new life with my daughter

브루노의 시신과 함께 그의 고향을 방문한다.

그러려면 우선은 브루노의 시신을 회수해야 했다.

"그럼 내가 죽은 곳으로 안내할게!"

브루노는 꽃밭으로 안내했을 때처럼 말했다.

"아직 밝으니까 실수로 떨어지지는 않겠지만 일단 조심해. 낙하하면 나와 똑같은 운명이야! 하하!"

"그, 그래……. 라비, 내 뒤에서 따라와."

"네~."

그나저나 자신의 죽음을 농담처럼 말하는 브루노의 정신력은 대단했다.

선두로 둥실둥실 이동하는 브루노의 창백한 얼굴에는 지금도 구김살 없는 웃음이 떠올라 있었다.

무리해서 웃는 것 같지는 않았다.

밝은 유령인가.

정말로 별난 존재와 만나 버렸다.

"자, 이쪽이야, 이쪽!"

손짓하는 브루노를 이번에도 따라갔다.

그러기를 몇 분―.

꽃밭이 있던 곳에서 얼마쯤 이동하자 갑자기 절벽이 나타났다.

"이건……."

절벽 아래를 보니 멀리 지면이 보였다.

떨어지면 즉사할 만한 낭떠러지였다.

"여기서 떨어졌으면 살 수가 없었겠네……."

"그치, 그치? 떨어졌다기보다 날았다는 느낌이었어. 오히려 이 정도 부상으로 끝났으니 운이 좋았지! 더 엉망으로 몸이 망가졌었다면 너희 앞에 모습을 드러내기도 꺼려졌을 테고!"

"……지금도 꽤 처참해."

"어?! 하지만 언데드만큼은 아니지?!"

"아, 아니, 으음……."

"어어어?! 언데드처럼 보여?!"

얼빠진 소리를 낸 브루노가 안절부절못했다.

내가 수습할 말을 찾고 있으니 우리를 지켜보던 라비가 작게 웃었다.

"후후, 재밌어……."

"……헤헤. 그래? 재밌어? 딸아이가 웃어 줬으니 언데드처럼 보여도 문제없으려나? 그래! 더 재미있는 일도 할 수 있어!"

밝은 목소리로 그렇게 말한 브루노는 두둥실 떠올라 우리 주위를 빙글빙글 돌기 시작했다.

"고속 유령 회전이야! 어때?! 재밌어?!"

"와아!"

엄청난 속도로 회전하는 브루노를 보고 라비가 또 눈을 반짝였다.

라비가 기뻐하도록 브루노가 익살스럽게 굴고 있다는 것이 전해져서 나는 그저 고마웠다.

조금 별나지만 좋은 녀석이었다.

나는 이 유령이 좋아졌다.

"아차! 산 채로는 이 절벽 못 내려가지?! 죽어서 날 수 있게 된지라 눈치 못 챘어……. 대체 어쩌면 좋지……."

"아아, 그건 문제없어. 스킬을 쓰면 절벽 아래까지 금방 내려갈 수 있어."

"어?! 정말로?!"

나는 브루노에게 고개를 끄덕여 대답하고 라비를 보았다.

"라비, 여기서 기다릴래?"

"아빠랑 같이 가고 싶어……."

나는 라비를 데려가기 망설여졌다.

절벽 아래에 무엇이 있는지 라비는 알고 있을까?

내가 제대로 이야기하는 편이 좋을 듯했다.

"……이 아래는 브루노가 죽은 곳이야. 브루노는 몇 년 전에 죽은 모양이니까 분명 이미 뼈만 남았을 거야. 괜찮겠어?"

라비는 조금 표정을 굳혔지만 곧장 작게 고개를 끄덕였다.

그런가…….

알면서 따라가겠다고 한 거구나.

라비가 죽음이나 죽은 사람을 어떻게 생각하는지 나는 아직 잘 모른다.

다만 그저 두려워하는 것과는 다른 감정이 라비 속에 깃들어 있다는 것을 어렴풋이 느끼고 있었다.

"라비, 절벽 아래에는 바람 마법을 써서 내려갈 거야. 무슨 일이 있어도 떨어뜨리지 않을 거지만, 일단은 꽉 잡고 있어."

"응……!"

라비를 안아 들자 꾹 안겼다.

나도 라비의 등에 단단히 팔을 두르고 영창했다.

《대기에 깃든 성스러운 힘이여, 불어라! 바람 마법 윈드!!》

나와 라비를 감싸듯 바람이 일었다.

"좋아, 간다."

"응……!"

지면을 박차 절벽 너머로 날아올랐다.

둥실거리며 몸이 가벼워지는 감각이 들고 위장 주변이 살짝 오싹오싹했다.

라비가 무서워하지 않게 낙하 속도를 꽤 느리게 해서 깊은 절벽 아래로 천천히 하강했다.

"뭐야?! 괴, 굉장하잖아……?! 유령인 나처럼 날 수 있네?!"

낙하하는 우리의 속도에 맞춰 브루노도 둥실둥실 떠 있었다.

나는 낙하를 이어가며 흥분한 브루노를 향해 쓴웃음으로 대답했다.

"날고 있다기보다는 낙하 속도를 조종한 거야. 원하는 방향으로 날아갈 수 있는 건 아니라서 부유와는 달라."

"그래도 역시 대단해!! 평범한 여행자 부녀인 줄 알았는데 엄청난 사람들 아니야?!"

나는 「대단해!!」라고 반복하는 브루노의 기세에 눌리며 「평범한 여행지 부녀야」라고 대답했다.

34화 아저씨와 소녀, 유령의 몸을 색출하다

“……겨우 이게 다인가?”

절벽 아래에는 삭아서 원형이 거의 남지 않은 의복과 함께 뼈 몇 개가 굴러다니고 있었다. 아무렇게나…….

나는 오랫동안 모험가로 지냈다.

모든 시신이 극진하게 매장되지는 않는다는 것은 물론 알고 있다.

하지만 누구에게도 알려지지 않은 채 어둡고 쓸쓸한 숲속에 버려진 브루노의 뼈를 보니 가슴이 아팠다.

라비도 똑같은 기분일 것이다.

말없이 내 손을 꼭 잡았다.

게다가 남은 뼈도 적었다. 이건 즉…….

“내가 죽고 바로 짐승들이 모여들어서 꽤 가져가 버렸어. 하하하……. 역시 자신의 몸이 뜯어 먹히는 모습을 보는 건 괴로웠지만……. 유령이 『훠이! 훠이!』 떠들어도 아무런 의미가 없더라, 하하하…….”

내가 예상한 대로 브루노가 대답했다.

뭐라고 하면 좋을까.

우리가 침묵하자 브루노는 당황했다.

“아! 분위기가 우중충해졌네. 미안, 미안!”

"브루노……."

"그런 표정 짓지 마! 봐, 두개골은 제대로 남아 있어! 두개골은 뼈 중에서도 제일 나다운 부분이라고 생각해. 그러니까 문제없어!"

두개골이 제일 자신답다는 감각은 잘 모르겠지만, 브루노가 숙연한 분위기를 누그러뜨리려고 한다는 것은 알 수 있었다.

본인이 가장 견디기 힘들 텐데.

"유령 씨…… 슬픈데 왜 괜찮은 척해……?"

라비가 시무룩하게 물었다.

순수한 아이에게 똑바로 질문받은 순간, 브루노의 밝은 웃음이 무너졌다.

울 것 같은 웃는 얼굴로 브루노는 말문이 막혀 버렸다.

아무렇지도 않은 척하지만 상처 받지 않은 것은 아니다.

"어두워지기 전에는 숲을 빠져나가고 싶어. 하지만 아직 시간이 한동안 남아 있어. 탐색 스킬을 써서 부근을 찾아보지."

모든 뼈를 회수하기는 어렵겠지만, 성격 좋은 브루노의 마음을 구하기 위해 뭔가 행동하고 싶었다.

"아빠, 나도 도울게……!"

"그래, 부탁해. 둘이서 찾는 편이 훨씬 좋아."

"응……!"

멍하니 입을 벌리고 우리의 대화를 듣던 브루노는 「아냐, 됐어. 그것까지 부탁하기는 아무리 그래도 미안해!」라고 말하며 고개를 가로저었다.

"아까도 말했듯 나는 아무런 답례도 못 하는 유령이야! 고향까지 뼈를 가져다주는 것만으로도 고개를 들 수 없을 정도인데. 이 이상은 부탁할 수 없어……!"

"우리가 그러고 싶을 뿐이야. 신경 쓰지 마."

어깨를 두드려 주고 싶지만 유령인 브루노는 만질 수 없었다.

나는 대신 어설프게 웃으며 고개를 끄덕였다.

"……고마워. 당신들과 만나서 정말로 다행이야……."

브루노의 눈에 눈물이 차올랐다.

브루노는 고개를 숙이고 눈물을 벅벅 닦았다.

나는 슬쩍 시선을 돌려 못 본 척했다.

감동했다며 엉엉 울었던 브루노가 숨기고 싶어 한 눈물.

그 눈물에 복잡한 슬픔이 담겨 있는 것 같아서 나는 말을 걸 수가 없었다.

◇◇◇

그 후 나와 라비는 거의 해 질 무렵까지 탐색 스킬로 브루노의 뼈를 찾아다녔다.

처음에 브루노는 풀 죽은 얼굴로 따라왔다.

뼈는 대부분 흙 속에 묻혀 있거나, 아마 짐승이 팠을 구덩이 속에 떨어져 있었기에 실체가 없는 브루노는 탐색을 도와줄 수 없었다.

브루노는 아무런 도움도 주지 못하는 것을 몹시 신경 썼다.

"쓸모없는 유령이라 미안해!!"

사과할 때도 전력을 다하며 몇 번이고 고개를 숙였다.

그래서 나와 라비는 신경 쓰지 말라고 브루노를 격려하며 탐색하게 되었다.

그렇게 우리가 찾아낸 뼈가 눈앞에 있었다. 깔개 대신 펼친 내 코트 위에 늘어선 뼈는 아직 빠진 게 많았지만, 그래도 맨 처음 상태보다는 훨씬 나았다.

"굉장해……. 내 일부가 이렇게나 돌아오다니……. 고마워……. 정말로 고마워……."

나도 라비도 감사받고 싶어서 한 일은 아니었다.

그래도 역시 브루노가 좋아해 줘서 기뻤다.

싱긋 웃은 라비가 「잘됐다, 그치?」 하고 작은 목소리로 중얼거리며 나를 올려다보았다.

나는 「그러게」 하고 고개를 끄덕이고서 라비에게 미소로 대답했다.

35화 아저씨와 소녀, 유령의 고향 히스콕에 도착하다

Enjoy new life
With my daughter

코트로 싼 브루노의 뼈를 안고 되도록 조심스럽게 옮겼다.

강을 등지고 숲을 가로질러 브루노의 고향 히스콕에 도착한 것은 밤하늘에 별이 반짝이기 시작할 무렵이었다.

히스콕은 작은 집이 드문드문 있는 아담한 마을이었다.

저녁 먹을 시간이라 그런지 각 집의 굴뚝에서 흰 연기가 뭉게뭉게 피어오르고 있었다.

그렇게 생각하니 곧장 배가 고팠다.

라비도 허기를 느꼈는지 자그마한 양손으로 배를 문질렀다.

"둘 다 피곤하지……?! 정말로 고마워! 그리고 고생했어……!! 저 앞에 있는 식당 간판 보여?"

마을 사람을 놀라게 하지 말자고 생각했을 것이다.

브루노는 나무 그림자에 몸을 숨긴 상태로 마을 오른편을 가리켰다.

"그래. 저거 말이지?"

브루노가 가리킨 방향을 보니 뼈 붙은 고기 그림이 새겨진 목제 간판이 나와 있었다.

"그 옆이 일단 여관 같은 느낌이라 2층의 빈방을 빌려줘. 우리 집으로 안내할 수 있다면 좋았겠지만 정말로 좁아서……."

"아니, 괜찮아. 신경 쓰지 마."

아무튼 오늘 밤은 이대로 식사하고 여관에 묵기로 했다.

브루노의 가족과 약혼자를 찾아가는 건 내일이다.

모르는 사람이 밤에 찾아가는 것도 실례일 테니까.

여관방을 확보한 후.

브루노를 데리고 다니면 소동이 벌어질 것 같았기에 방에 있어 달라고 하고, 나와 라비만 식당으로 향했다.

"어라?! 저 사람 좀 봐!!"

"응응응?! 신문에 실린 애 딸린 모험가랑 똑같아!"

윽……. 이게 무슨 일이지.

설마 이런 작은 마을에까지 우리에 관해 알려져 있을 줄이야…….

"정말이네. 이거 놀라운데! 이봐, 당신들 신문에 실린 아빠와 딸이지?!"

옆자리에서 정식을 먹던 아저씨가 내 얼굴을 들여다보았다.

"아, 아니…… 사람 잘못 봤어……."

"이런 작은 마을에 유명인이 올 줄은 몰랐어!! 오늘은 내가 사지! 이봐~ 주인장! 추천 요리를 척척 갖다줘!"

"오! 그럼 나는 술을 살게! 자, 마셔, 마셔!"

순식간에 식당 손님들에게 둘러싸이고 말았지만, 뭐, 나쁜 녀석들은 아닌 듯했다.

라비와 얼굴을 마주한 나는 쓰게 웃으며 턱수염을 만졌다.

◇◇◇

그리고 이튿날.

나와 라비, 그리고 브루노는 우선 브루노의 집으로 향했다.

"브루노. 네 모습은 아무나 볼 수 있나?"

영감의 유무와는 관계없는 걸까?

"응. 가~끔 전혀 못 보는 사람도 있지만, 대부분은 나를 보고 얼굴이 새파래지거나 비명을 질렀어! 언데드도 누구에게나 보이고 말이지!"

"아니, 그건 정확히 말하자면 마물이잖아. 유령과는 좀 달라."

"확실히 그러네. 그렇게 생각하면 나는 살아서도 죽어서도 존재감이 있다는 거려나~?!"

"후…… 후후."

라비가 자그마한 양손을 입가에 대고서 후후후 웃었다.

딸이 너무 귀여우니 존재감 강한 유령이라는 것도 받아들이자고 생각했다.

"하지만 누구에게나 보인다면 가족이나 연인에게는 내가 설명하고 나서 모습을 보이는 편이 좋을지도 모르겠어."

아마 상당히 놀랄 테고, 큰 슬픔이 그들을 덮칠 것이다.

브루노가 아무리 밝아도 그는 죽었다.

약혼자에게 선물할 꽃을 찾으러 간 뒤로 행방이 묘연해진 청년.

돌아오지 않는 그가 죽었으리라는 것은 분명 가족들도 예상하고 있을 터다.

하지만 소중한 사람의 죽음이 틀림없는 현실로 드러났을 때, 태연하게 있을 수 있는 자는 분명 없다.

브루노도 나와 같은 의견이었는지 역시 슬픈 얼굴이 되었다.

"……그렇지. 그래 주면 고맙겠어."

"알겠어. 그럼 브루노는 한동안 집 밖에 숨어 있어 줘."

나는 브루노에게 그렇게 전하고 라비와 둘이서 그의 집 문을 노크했다.

36화 아저씨와 소녀, 유령의 가족을 찾아가다

Enjoy new life
with my daughter

"아아……. 브루노……."

내 코트와 함께 브루노의 뼈를 끌어안은 그의 부모가 눈물을 흘렸다.

나는 라비의 어깨를 안은 채 그들의 모습을 지켜볼 수밖에 없었다.

유령이 된 브루노와 만났다. 그런 황당무계한 이야기를 그들이 어디까지 믿었는지는 모른다.

다만 맨 처음 브루노의 뼈를 발견한 그 장소.

거기서 가져온 삭은 의복을 본 순간, 그들은 주저앉아 울었다.

"……추태를 보여서 죄송합니다. 아들의 옷을 보니…… 슬퍼서……. 이미 5년이나 돌아오지 않았어요. 받아들였다고 생각했지만……. 역시 괴롭군요……."

"여보……."

어깨를 맞댄 두 사람은 눈물을 흘리며 브루노의 뼈를 다정하게 쓰다듬었다. 그들이 5년간 어떤 나날을 보냈을지. 초췌해진 얼굴과 희끗희끗한 머리카락에서 그간의 마음고생과 슬픔이 보이는 것 같았다.

"갑자기 이런 슬픈 소식을 가져와서 미안해."

내가 사과하자 부부는 황급히 고개를 가로저었다.

"아니에요……! 고개를 들어 주세요!"

"예, 아내 말이 맞습니다! 아들을 이렇게 데려와 주셔서 저희는 정말로 감사해하고 있어요……!"

부부는 서로 고개를 끄덕이고 다시금 나를 향해 깊이 머리를 숙였다.

"저희의 마음은 줄곧 싱숭생숭했어요. 포기했다고 자신을 타일러도 떨치지 못한 감정이 줄곧 어딘가에 있었죠."

"살아 있을 리가 없다고 생각하는 날과 어쩌면 어딘가에서 건강히 지내고 있을지도 모른다고 생각하는 날이 수없이 교차해서……."

희망과 절망이 번갈아 돌고 돈다.

꼭 사람의 생사가 걸려 있지 않더라도 그건 매우 고통스럽고, 우리의 마음에 깊은 상처를 새긴다.

무슨 말을 건네야 할지 알 수 없어서 난처해하고 있으니, 부부는 눈물을 닦고 희미하게 웃었다.

"하지만 마침내 브루노를 진심으로 애도할 수 있어요."

"정말로 감사합니다. 당신 덕분이에요."

나는 감사받을 만한 일은 하지 않았다고 말하면서도 속으로 고민했다.

유령이 된 브루노도 같이 왔다는 말은 대체 어느 단계에 전해야 할까.

지금 이 흐름에 말해도 문제는 없으려나. 부부도 눈물을 흘리고 조금은 침착함을 되찾은 모양이고……. 아아, 그래. 브루노의 약혼자에 관해서도 얘기해야지.

“약혼녀에게도 부고를 전해 달라고 브루노에게 부탁받았는데―.”

그렇게 이야기한 순간, 어째선지 부부의 표정이 얼어붙었다.

“……죄송합니다. 그건 분명 저쪽 가족이 허락하지 않을 거예요. ……그리고 저희도, 찬성할 수 없어요…….”

나와 라비는 곤혹스러워서 얼굴을 마주 보았다.

“브루노의 죽음을 전하면 안 되는 이유가 있는 건가?”

부부는 망설이며 고개를 끄덕였다.

“……혹시 브루노 혼자 약혼자라고 생각했던 거고 실제로는 아니었나?”

내가 조심조심 그렇게 묻자 부부는 허둥지둥 고개를 가로저었다.

“아뇨, 그런 건 아니에요……! 확실히 두 사람은 5년 전에 결혼을 준비하고 있었어요. 브루노만 돌아오면 그해 가을에 결혼식을 올릴 예정이었죠…….”

다시 울음을 터뜨린 아내를 다독이듯 남편이 그 어깨를 강하게 잡았다. 나는 점점 더 불안해졌다. 그럼 대체 왜…….

“……이미 다른 사람과 결혼해서 행복하게 살고 있는 건가?”

만약 그렇더라도 그녀를 비난할 수는 없다. 하지만 브루노의 마음을 생각하면 복잡한 심경이었다. 그러나 부부는 그 질문을 부정했다.

“그럼 대체 왜…….”

관계없는 사람이 끼어들 일은 아니었다. 하지만 브루노에게 상황을 전해야 하기에 나는 물고 늘어졌다. 부부는 창백한 얼굴로 나를 본 후, 나직이 중얼거렸다.

"그 아이의 마음을 지키기 위한 일이에요."

37화 아저씨와 소녀, 이야기가 늘 행복한 결말을 맞이하지는 않음을 알다

Enjoy new life
With my daughter

"……하지만 여보, 우리끼리 판단해도 되는 걸까? 그 아이의 가족에게도 일단 이야기해야 하지 않을까?"

"으음……. 하지만 더글러스 씨가 불쾌한 경험을 하게 될지도 몰라."

"그건……."

남편이 그렇게 말하자 아내가 입을 다물었다.

브루노의 부친은 말을 이었다.

"여러분을 거기까지 끌어들여도 되는 걸까요. 저쪽 가족은 상당히, 그게…… 어려운 상태라서……. 이해해 주신다면 안내해드릴 수는 있습니다. 하지만 선의로 여기까지 와 주셨는데 불쾌한 경험을 하지 않으셨으면 좋겠습니다."

우리가 원한다면 약혼자의 집으로 안내해 줄 것 같기는 했다.

불쾌한 경험이라…….

어떤 경험일지 예상도 되지 않지만, 라비가 상처 받는 일은 피하고 싶다.

그렇게 생각하며 라비를 돌아보았다.

라비는 똑바로 나를 바라보며 작게 고개를 끄덕였다.

"……!"

라비의 눈에 망설임은 없었다.

올곧은 눈으로 나를 바라보았다.

브루노에게 도움이 되는 일을 하고 싶다는 생각이 전해졌다.

말하지 않아도 이 아이가 무슨 생각을 하는지 점점 알게 되었다.

"……아빠, 나는 괜찮아……. 유령 씨에게 도움이 되는 일을 하고 싶어."

"라비……."

―불쾌한 경험을 할지도 모른다.

그런 말을 들었는데도 라비는 겁내지 않고 브루노를 돕고 싶어 했다.

처음 만났을 때는 모든 것을 무서워했었는데.

어느새 이렇게 씩씩해졌을까?

나는 살며시 미소 짓고 라비의 머리를 툭툭 쓰다듬었다.

라비가 상처 받지 않게 지키고 싶다고 늘 생각한다.

그걸 위해서라면 무슨 일이든 할 것이다.

하지만 소중히 여기는 방식을 틀려서는 안 된다.

내 뒤에 숨겨 세상을 보여 주지 않는 것은 역시 잘못됐다고 재인식했다.

작은 라비는 지금 살아가기 위한 강함을 손에 넣으려 하고 있었다.

나는 옆에 서서 라비가 마음에 받아들이는 모든 것을 가만히 지켜보자.

먼저 나서서 라비와 세계의 접촉을 차단하는 짓은 하고 싶지 않았다.

나는 생각한 바를 브루노의 부모에게 솔직하게 전하고 약혼자의 집으로 안내해 달라고 부탁했다.

브루노의 부모는 내 이야기를 들은 후, 신묘한 얼굴로 확실하게 고개를 끄덕였다.

"당신과 같은 강함을 모든 부모가 가지고 있다면 참 좋을 텐데요……."

우리는 그대로 약혼자의 집으로 안내받게 되었다.

◇◇◇

약혼녀는 브루노의 집에서 세 채 떨어진 곳에 살았다.

부모의 이야기에 의하면 브루노와 약혼녀는 소꿉친구로, 이 작은 마을에서 함께 자랐다고 했다.

"브루노는 조금만 더 신중해졌으면 싶을 만큼 긍정적이고 밝은 아이였고, 후후, 반대로 앤— 브루노의 약혼자가 앤이에요. 앤은 브루노와 정반대 타입이었어요. 얌전하고 겁이 많은 아이였죠."

"하지만 두 사람은 어릴 때부터 늘 함께 있었습니다."

부모는 옛날을 그리워하듯 하늘을 올려다보며 이야기했다.

브루노는—.

……브루노는 조금 떨어져서 따라오고 있었다.

내가 그쪽을 돌아보자 브루노는 애매하게 웃으며 고개를 가로저었다.

부모에게는 아직 자신의 존재를 알리고 싶지 않다는 뜻이겠지.

우리가 집 앞에서 그의 부모와 한 이야기를 브루노는 전부 듣고 있었다.

척 봐도 브루노가 지금 얼마나 불안해하고 있는지 전해졌다.

잠깐.

만약 브루노가 진실을 덮어 두기를 바라고 있다면?

그 가능성을 생각하고 내가 발을 멈추자 브루노는 울 것 같은 얼굴로 다시 고개를 가로저었다.

그런가.

알고 싶나.

그렇다면 나는 브루노의 대리인으로서 역할을 다해야겠지…….

브루노의 부친은 아들의 약혼자가 사는 집 앞에서 크게 심호흡했다.

작은 목제 문의 디자인은 따뜻했지만 상황 탓인지 우리를 거부하는 철문처럼 보였다.

—똑똑똑.

『네~.』

집 안에서 젊은 여성의 명랑한 목소리가 들렸다.

분주하게 달려오는 기척.

브루노의 부모는 그 목소리를 듣고 흠칫하며 몸을 굳혔다.

"설마 앤밖에 없는 건가……?!"

"그럴 수가……."

두 사람이 빠르게 속닥거리는 사이에 문이 활짝 열렸다.

모습을 드러낸 젊은 여성이 브루노의 부모를 보고 생긋 웃었다.

"어머나, 아버님, 어머님! 무슨 일로 오셨어요? 그이라면 아직 직장에서 돌아오지 않았는데요……."

젊은 여성— 앤은 무척 행복해하는 목소리로 그렇게 말했다.

하지만 앤의 모습을 본 순간, 인상이 확 달라졌다.

이건……. 나는 무심코 눈을 부릅떴다.

앤은 전혀 행복해 보이지 않았다.

생기 없는 눈은 공허했다. 그리고 문을 짚은 손은 뼈와 가죽만 남은 상태라 차마 보고 있을 수가 없었다.

무엇보다 내 마음을 아프게 한 것은 드러난 손목에 난 깊은 열상들이었다.

38화 아저씨와 소녀, 조용히 떠나는 여행

Enjoy new life with my daughter

"브루노라면 아직 직장에서 돌아오지 않았는데……."

공허한 눈으로 앤이 생글생글 웃었다.

그때—.

"뭐 하는 거죠……?"

잔뜩 경계심을 드러낸 목소리가 들렸다.

장바구니를 든 여성이 황급히 달려왔다.

브루노의 부모보다 더 얼굴이 초췌한 여자는 폭삭 늙은 모습이었지만 눈가가 앤과 매우 비슷했다.

앤의 모친일 것이다.

"앤! 밖에 나오면 안 된다고 했잖니?!"

"왜 화를 내? 브루노가 일찍 돌아왔나 싶어서 문을 열었을 뿐이야."

"잔말 말고 들어가!"

앤의 모친은 신경질적인 어조로 딸을 꾸짖고 집 안으로 밀어 넣었다.

"갑자기 왜 찾아오신 거죠……?"

"아, 아니, 그게……."

브루노의 부모가 쩔쩔맸다.

앤의 모친은 불편한 심기를 숨기려 하지도 않았다.

정신적으로 상당히 지쳤다는 것은 얼굴만 봐도 알 수 있었다.

이런 상태로는 타인의 심정을 배려할 여유 따위 가질 수 없다.

"미안. 내가 억지를 부려서 안내해 달라고 했어."

"……당신은?"

나는 이름을 밝히고 브루노의 유골을 가져온 사람이라고 설명했다.

그 순간, 모친의 표정이 변했다.

눈꼬리가 올라가고 입술이 파르르 떨렸다.

"뭐, 뭐라고요?! 무슨 말이죠!! 유, 유골이라니……!! 이러시면 곤란해요! 딸아이가 들으면……. 돌아가 주세요! 돌아가세요!!"

거의 하얗게 센 머리를 마구 흐트러뜨리며 앤의 모친이 내 몸을 밀었다.

"딸은 브루노의 환영과 행복하게 살고 있어요!! 그걸 깨부수려는 건가요?! 우리보고 또 지옥으로 돌아가라고요?! 다시는 오지 마세요!!"

앤의 모친은 날카로운 목소리로 외치고서 도망치듯 집에 들어가 버렸다. 거칠게 열린 문이 쾅 닫혔다.

"—앤의 손목 보셨죠? 저 아이는 브루노가 돌아오지 않는 걸 받아들이지 못하고 쇠약해져서 몇 번이나 자살을 시도하게 됐어요. 한때는 눈을 뗄 수 없는 상태였어요."

"……."

"상황이 변한 건 1년 전이에요. 앤의 마음이 완전히 망가져 버렸죠. 갑자기 브루노와 지내는 것처럼 행동하기 시작했어요……. ……하지만 더글러스 씨. 그러면서 앤은 행복해졌어요."

그런 건 가짜 행복이다.

물론 브루노의 부모도 알 것이다.

그들은 지금 죄책감을 억누르는 듯한 표정을 짓고 있었다.

"역시 앤을 위해서도 브루노의 죽음은 숨겨야 했어요."

"……하지만 무덤을 만들면 바로 마을 사람들이 알게 될 텐데?"

작은 마을이다.

당연히 소식이 귀에 들어올 터다.

"무덤은…… 안 만들면 되죠……. 그렇게 저희가 입을 다물면 없던 일로 만들 수 있어요……."

"뭐……?"

나는 말문이 막혔다.

부모마저 브루노의 죽음을 없던 일로 하겠다니.

"……충분한 답례도 못 드려서 죄송합니다. 저희 집에 초대하고 싶지만 앤이 의심할 수도 있어서……."

"아니, 그건 신경 쓰지 마. 하지만 당신들은 그걸로 괜찮은 건가? 아들의 무덤을 만들 수 없다니……."

"앤도 어릴 때부터 알던 아이고, 저희에게는 딸이나 마찬가지예요. 그리고 앤은 앞으로도 살아가야 해요. 살아남은 그 아이를 위해 저희는……."

그런 말을 들으니 더는 아무 말도 할 수 없었다.

아들을 잃은 이 두 사람도 틀림없이 깊은 슬픔에 잠겨 있었다.

부부의 어깨 너머로 은근슬쩍 시선을 보냈다.

나무 뒤에 몰래 숨어 있는 브루노는 내 시선을 알아차리고 힘없이 웃었다.

◇◇◇

그날 밤.

여관에 온 우리는 식사도 하는 둥 마는 둥 하고 방으로 돌아갔다.

식사로 나온 시골 요리는 상냥한 맛이 났고 전부 맛있었다.

하지만 유감스럽게도 진심으로 식사를 즐길 수가 없었다.

브루노는 여관 앞에서 홀연히 모습을 감추고 그대로 돌아오지 않았다.

혼자 있고 싶을 것이다.

브루노의 심경을 생각하니 안타까웠다.

침대에 앉은 라비도 고개를 숙인 채 좀처럼 얼굴을 들지 않았다.

나는 옆에 앉아 그 어깨를 두드려 위로했다.

"유령 씨의 약혼자…… 분명 굉장히 슬펐을 거야."

"그래……."

"그래서 그 사람이 더는 슬퍼하지 않게…… 유령 씨의 부모님은 그렇게 말한 거지?"

나는 천천히 고개를 끄덕였다.

그들은 브루노의 죽음을 감추고, 무덤을 만들지 않고, 장례를 치르지 않기로 결단했다.

진짜 브루노의 존재를 지우고 가짜 환영을 인정하는 꼴이었다.

하지만—.

살아 있는 자를 위한 배려.

그렇게 생각하면 그들을 비난할 수 없었다.

……그 성격 좋은 청년을 위해 뭔가 해 주고 싶었는데.

입을 열면 한숨이 나올 것 같아서 내가 입을 다물고 있으니—.

"아! 아빠, 저기 봐……!"

갑자기 라비가 작은 목소리로 외쳤다.

고개를 들자 방 중앙에 흰색 빛이 나타났고 그것은 이윽고 사람 형태가 되었다.

"브루노…… 돌아온 건가."

브루노는 장난스럽게 웃었다.

일부러 씩씩한 척 굴고 있다는 것은 확인하지 않아도 알 수 있었다.

"갑자기 사라져서 미안해. 태어난 마을에 작별 인사를 하고 왔어. 반가워서 나도 모르게 여기저기 돌아다녔지 뭐야."

"유령 씨……."

라비도 브루노가 무리하고 있음을 눈치챈 듯했다. 눈썹을 늘어뜨리고 당장에라도 울 듯한 표정을 지었다.

브루노는 그런 라비를 난처하게 보고 뺨을 긁적였다.

"둘 다 그런 표정 짓지 마. 더 뻔뻔한 부탁을 하려는데 민망하잖아."

"우리에게 부탁할 일이 있나?"

힘이 되어 줄 수 있다면 최대한 협력하고 싶었다.

라비에게 시선을 보내자 힘 있게 고개를 끄덕여 대답했다.

"유령 씨, 뭐든 말해……!"

라비의 표정이 바뀐 것을 보고 브루노가 안도한 듯 숨을 내쉬었다.

그 모습을 보고 나는 퍼뜩 깨달았다.

브루노는 일부러 우리에게 부탁한 것이다. 아무것도 해 주지 못했다고 낙심한 우리의 무력감을 조금이라고 가볍게 만들기 위해.

"너는 좋은 녀석이구나, 브루노."

내 말에 눈을 크게 뜬 브루노는 쑥스러워하며 시선을 피했다.

"이것저것 부탁만 하고 있는데? 하지만 들어준다니 다행이야. ─ 실은 이 씨앗을 어떤 장소에 심어 줬으면 해."

브루노가 내민 것은 정말로 작은 씨앗이었다.

"이건 어제 봤던 파란 꽃의 씨앗이야. 내가 앤에게 주지 못한 것. 그걸…… 추억의 꽃밭에 피우고 싶어."

라비가 오목하게 내민 양손에 브루노가 씨앗을 올렸다.

"괜찮겠어? 브루노. 이건 앤에게 건네고 싶었던 거 아니야?"

"하지만 나는 앤 앞에 모습을 드러낼 수 없으니까……. 그래도 이 씨앗을 씨앗 상태로 끝내는 건 왠지 쓸쓸해서."

정말로 앤에게 안 줘도 될까.

그렇게 생각했지만 재차 되물을 수는 없었다.

대신 라비가 입을 열었다.

"맡겨 줘, 유령 씨……! 꽃이 예쁘게 피도록 힘낼게……!"

그런가……. 라비 말이 맞다.

우리가 할 수 있는 일은 브루노의 사소한 소원을 이루어 주는 것뿐이다.

"아빠는 뭐든 다 알아. 그러니까 꽃이 예쁘게 피는 방법도 알 거야."

"그래, 맞아, 브루노. 꽃이 활짝 피도록 힘쓰겠어."

"둘 다 고마워. ……두 사람은 정말로 좋은 아빠와 딸이야."

브루노는 그렇게 말하고 웃었다.

"내게도 소중한 사람이 있었는데. ……도달하지도 못할 꿈을 좇느라 주위 사람들에게 상처를 줘 버렸어……. 소중히 여겨야 할 것이 무엇인지 전혀 보지 못한 거야……. 나는 바보 멍청이야……."

브루노가 꺼낸 후회의 말에 가슴이 미어졌다.

"자, 그럼 나는 물러가기로 할까."

"브루노. 설마 너……."

"하하하, 괜찮아. 오늘 밤에 사라지진 않을 거야. 너희를 추억의 꽃밭까지 안내해야 하니까."

브루노는 그렇게 말하고 스르르 모습을 감췄다.

"아빠……."

라비는 브루노에게 받은 씨앗을 양손으로 상냥하게 감싼 채 나직이 중얼거렸다.

"이게 우리가 해 줄 수 있는 일인 거지……?"

"……그래."

우리는 브루노를 되살릴 수 없다.

앤의 마음을 되돌릴 수도 없다.

그렇다면 두 사람의 가족이 필사적으로 지키고 있는 것을 부수지 않게 떠날 수밖에 없다.

"유령 씨를 더 기쁘게 해 주고 싶었는데……."

"그러게. 나도 라비와 같은 기분이야."

"아빠, 왠지 쓸쓸해……."

라비가 작은 목소리로 그렇게 중얼거려서 나는 무심코 라비를 끌어안았다.

라비가 얼굴을 묻은 어깨 근처가 따뜻한 눈물에 젖어 들었다.

"……여행하다 보면 기쁜 일이나 즐거운 일과 비슷하게 슬픈 일도 찾아와."

"응……."

"……이제 여행은 싫어?"

라비를 안아 들고 물었다.

내게 안긴 라비는 잠시 후 천천히 고개를 들었다.

"아니……."

라비는 지금도 슬픈 표정을 짓고 있었다.

하지만 나는 라비의 눈에 깃든 아주 조심스러운 강함을 느꼈다.

"나, 아빠와 여행하는 게 정말 좋아……."

"라비……."

"있지, 아빠…… 슬픈 일이 잔뜩 있어도…… 즐거운 일도 잔뜩 기다리고 있는 거지……?"

"……그래. 그래, 물론이지."

"그렇다면 나는 좀 더 아빠랑 다양한 곳에 가 보고 싶어……."

라비가 눈물을 닦고 빙그레 미소 지었다.

나는 가슴 안쪽에 사랑스러움이 북받치는 것을 느끼며 힘 있게 고개를 끄덕였다—.

© 2018 Fuzichoco

39화 아저씨와 소녀, 연인들에게 애도의 꽃을 바치다

이튿날 아침.

약속한 대로 나타난 브루노와 함께 우리는 그가 말한 『추억의 꽃밭』으로 향했다.

히스콕을 출발하고 약 한 시간쯤 지났을 때.

잡목림을 관통하는 울퉁불퉁한 길을 걷고 있으니 구름을 옮기던 남풍 속에 불현듯 상냥한 향기가 섞였다.

그리움을 불러일으키는 달콤하고 소박한 냄새였다.

"이 향기는……."

그것이 고향에서 자주 봤던 들꽃의 향기임을 떠올리는 데 그리 많은 시간은 걸리지 않았다.

"꽃향기가 나기 시작했네. 조금만 더 가면 꽃밭이야!"

브루노는 오늘도 밝은 모습으로 씩씩하게 앞장섰다. 그 뒷모습에서는 어제 봤던 쓸쓸함이 느껴지지 않았다.

"자, 걷는 거야, 라비 양! 하나, 둘, 하나, 둘!"

"가…… 같이 가, 유령 씨……."

씨앗을 소중하게 든 채 라비가 종종걸음으로 쫓아갔다.

히스콕을 출발한 뒤로 라비는 줄곧 기운이 없었다.

이번 일을 받아들이려면 시간이 더 필요할 것이다.

그런 라비를 격려하듯 브루노는 평소보다 더 밝게 행동했다.

나는 그런 두 사람을 지켜보며 제일 뒤에서 걸었다.

길을 벗어나 잡목림으로 들어가 부드러운 흙을 밟으며 나아가니 머지않아 꽃내음이 강해졌다.

라비도 위를 올려다보고 코를 킁킁거렸다.

"슬슬 보일 거야."

브루노의 목소리에 고개를 들자 배추흰나비가 팔랑팔랑 날아다니는 것이 보였다.

꿀을 찾는 나비들은 꽃밭이 근처에 있다는 증거였다.

브루노가 말한 대로 잠시 후 꽃밭에 도착했다.

"바로 여기야!"

"와아……!"

라비가 감격하여 외치며 달려갔다.

나무들 너머에서 나타난 꽃밭에 작은 연분홍색 꽃이 흐드러지게 피어 있었다.

파릇파릇한 풀숲에서 가련한 꽃이 살랑거렸다. 양지에 핀 꽃들 사이를 작은 새들이 장난치며 날아갔다.

"멋진 풍경이네."

"그렇지? 그렇지?!"

자랑스럽게 허리에 손을 얹은 브루노 뒤에서 신난 라비가 「귀여운 꽃밭이야……!」 하고 말했다.

"아빠. 이 꽃은 이름이 뭐야?"

"아아, 이건 허니드롭이란 꽃이야. 벌꿀과 비슷한 달콤한 향기가 나지?"

라비에게 가르쳐 준 직후, 문득 내 뇌리에 어릴 적 광경이 되살아났다.

……아아, 그랬지.

나도 딱 라비만 했을 때 아버지와 이런 꽃밭에 와서 똑같은 질문을 했었다.

내가 아홉 살이었을 때 돌아가신 아버지는 숲에서 사냥할 때 자주 나를 같이 데려가 줬었다.

사냥하고 돌아오는 길에 이 꽃을 따서 어머니에게 선물로 들고 간 적도 있었다.

어머니는 기뻐하며 나와 아버지를 끌어안았고 그날 식탁에 꽃을 장식했다.

그런 사소하고 행복한 나날의 추억이 내 마음에 밀려들었다.

이제 없는 아버지와 어머니.

다시는 돌아갈 수 없는 소년 시절의 자신.

따뜻한 애정에 보호받던 날들.

잃어버린 것들이 몹시 그리워서 가슴이 아렸다.

그렇게 향수가 가슴을 스치자 왠지 울고 싶어졌다.

당연하게 그곳에서 지내던 당시의 나는 그 장소가 얼마나 귀중한지 몰랐다.

—그러고 보니 브루노도 어제 말했었지.

『도달하지도 못할 꿈을 좇느라 주위 사람들에게 상처를 줘 버렸어……. 소중히 여겨야 할 것이 무엇인지 전혀 보지 못한 거야……. 나는 바보 멍청이야…….』

브루노는 자신이 한 일을 전부 부정했다.

하지만 새로운 것을 추구한 마음도 이해가 갔다.

다름 아닌 나도 그랬으니까.

아직 보지 못한 것을 동경해서.

새로운 세계를 알고 싶어서 고향을 뛰쳐나왔다.

그 결과 잃은 것은 많다.

그래도 그 끝에서 얻을 수 있는 미지의 기적을 포기할 수 없어서 나는 길도 없는 곳을 계속 달렸다.

그것은 본능과 같았다.

어쩔 도리가 없는 남자의 습성이라고도 할 수 있을 것이다.

이 상냥하고 소박한 꽃이 아니라 귀중한 꽃을 바란 브루노도 당시의 나와 비슷한 심경이지 않았을까.

"브루노."

"왜?"

"너는 확실히 바보 멍청이였을지도 몰라……."

나는 브루노를 똑바로 마주 보았다.

"그래도 나는 네가 꿈꾼 것까지 부정할 수는 없어."

"더글러스 씨……."

그 순간, 브루노의 눈이 살짝 촉촉해진 것 같았다.

"……고마워."

쥐어짠 듯한 목소리로 감사 인사를 한 브루노는 내게 등을 돌렸다.

브루노가 눈물을 닦고 있음을 알아차리고 나도 은근슬쩍 시선을 피했다.

마침 그때, 꽃밭을 건던 라비가 우리의 대화를 눈치채지 못하고 달려왔다.

"아빠, 씨앗 심을 곳, 같이 찾아 줄래……?"

"그래. 물론이지. 나도 돕게 해 줘."

다른 꽃이 내린 뿌리를 해치지 않도록 지면을 파자 달콤한 흙냄새가 물씬 풍겼다.

꽃내음과는 또 달랐다.

수분도 많이 머금은 건강한 흙 특유의 향기였다.

이곳에 심으면 흙과 태양과 물, 그리고 숲의 은혜로 꽃이 확실하게 자랄 것이다.

적당한 깊이에 씨앗을 심은 후, 라비의 작은 손이 살며시 흙을 덮었다.

"둘 다 고마워! 분명 멋진 꽃이 필 거야!"

브루노는 정말로 기뻐하며 그렇게 말했다.

"……그럼. 씨앗을 심는 모습도 지켜봤으니 나는 슬슬 가야 할 곳으로 갈게."

"유령 씨……."

"계속 여기 있을 수는 없으니까. 꽃이 핀 모습을 못 보는 건 아쉽지만……."

"기다려, 브루노. 이걸로 끝이 아니야. 작업은 아직 남아 있어."

"어?"

브루노가 고개를 갸웃했다.

"마지막 마무리야."

나는 마녀들이 약초를 재배할 때 자주 이용하는, 식물의 성장을 촉진하는 스킬을 영창했다.

내가 날린 빛이 흙 위에서 반짝이고 천천히 안에 스며들었다.

그대로 지켜보았다.

무슨 일이 일어날지 모르는 브루노와 라비는 의아한 얼굴로 흙을 바라보고 있었다.

잠시 후, 흙을 밀어내고 초록색 새싹이 얼굴을 내밀었다.

"이건……?!"

"와아……! 아빠, 굉장해……!"

당황하는 브루노와 눈을 빛내는 라비 앞에서 새싹이 쑥쑥 자랐다. 새싹은 이윽고 잎을 펼치고, 줄기를 뻗고, 꽃봉오리를 맺었다.

머지않아 꽃봉오리 끝이 파란색으로 물들기 시작했다.

—그리고 마침내 꽃봉오리가 벌어지며 조용히 피어났다.

"와아아……! 꽃이 피었어……!"

숲속에서 봤던 그 파란 꽃이 우리의 눈앞에서 하나둘 피어났다.

"믿을 수가 없어…… 꿈만 같아……. 그리고 정말 아름다운 광경이야…….”

브루노가 잠긴 목소리로 중얼거렸다.

연분홍색 꽃밭. 그 안에 만발한 짙푸른 하늘 같은 선명한 파란색 꽃.

두 가지 색깔의 꽃이 자아내는 대조가 선연하여 우리는 한동안 그 아름다움에 넋을 잃었다.

브루노의 소중한 추억과 그가 좇았던 동경이 뒤섞인 꽃밭.

꽃들이 바람에 흔들리면서도 고아하게 핀 광경은 무척 환상적이었다.

브루노는 멍하니 있다가 이윽고 작게 웃었다.

“하하…….”

웃고 있을 텐데 울고 있는 것처럼도 들렸다.

“아아…… 역시 그 아이에게도 보여 주고 싶었어…….”

브루노가 중얼거린 그 순간—.

“……아빠, 저기 좀 봐……!”

라비가 팔을 잡고 흔들어서 시선을 들었다.

그 끝에 한 여성이— 브루노의 약혼녀, 앤이 서 있었다.

“앤……?!”

깜짝 놀란 브루노가 약혼녀의 이름을 불렀다.

정신을 놓은 연인에게 상처 주지 않으려고 앤이 오지 않을 터인 이곳에 씨앗을 심었는데.

설마 앤이 보게 될 줄이야…….

대체 앤은 왜 이곳에 온 걸까.
“어, 어쩌지, 아빠…….”
“으, 음…….”
우리는 곤혹스러워하며 굳었다.
앤은 천천히 이쪽을 향해 걸음을 내디뎠다.
“브루노. 기다리게 해서 미안해.”
기쁘게 브루노의 이름을 부른 앤이 똑바로 손을 뻗었다.
일순 망상 속의 브루노를 향해 말한 것인 줄 알았다.
하지만 그게 아님을 바로 깨달았다.
지금 앤의 눈에는 확실히 빛이 깃들어 있었다.
앤의 집에서 대화했을 때와는 전혀 다르게…….
“앤…… 내가, 보여……?”
브루노가 불안해하며 물었다.
“이상한 말을 하네. 당연히 보이지.”
앤은 환상을 보고 있는 게 아니었다.
틀림없이 유령 브루노를 향해 말하고 있었다.
그렇다면…….
평소에 자신이 보는 환영 브루노와 지금 눈앞에 있는 유령 브루노.
그 둘을 구별하지 못하고 있는 걸까?
미소 짓는 앤을 보며 브루노는 괴로운 듯 얼굴을 일그러뜨렸다.
신기하게도 브루노의 어깨 주변이 조금씩 빛의 입자에 감싸이기 시작했다.

“아빠…… 유령 씨의 몸이…….”

“그래…….”

나와 라비의 말을 듣고 브루노가 자신의 몸을 내려다보았다.

처음에는 어깨 주변뿐이었다.

하지만 지금은 브루노의 몸 전체가 빛의 입자에 덮여 있었다.

“그런가. 내 미련은 앤에게 꽃을 주지 못한 거였으니까. 그게 이루어졌으니 얼마 머물지 못할 거야.”

“뭐라고……?!”

그렇다면 브루노는 여기서…….

브루노는 뭔가를 결심한 얼굴로 앤을 돌아보았다.

“앤, 미안해. 너와 한 약속을 어겨 버린 걸 줄곧 사과하고 싶었어…….”

“약속을 어겼다니? 브루노, 갑자기 무슨 소리야? 너는 한 번도 약속을 어긴 적이 없어.”

어깨를 떨구고 고개 숙인 브루노를 다독이듯 앤이 명랑하게 웃었다.

“이 꽃밭에서 매일 만나자고 약속한 건 아주 어릴 때였는데. 줄곧 그걸 지켜 주고 있잖아.”

“앤…….”

“나는 널 보려고 엄마의 눈을 피해 매일 집을 빠져나와 이곳에 왔어. ……어라? 이상하네…… 왜 집을 빠져나와야 했지……? 이상해…….”

자신의 입가에 손을 댄 앤이 의아해하며 고개를 갸웃했다.

자신의 발언에 생긴 모순을 알아차리기 시작한 것이다.

이대로 앤의 마음이 진정한 의미에서 깨어나면—.

브루노는 고개를 푹 숙였다가 얼굴을 들었다.

아마도 앤과 행복한 나날을 보냈던 시절과 같은 웃음을 억지로 만들고서.

“이것 봐, 앤. 약속했던 꽃이야. 예쁘지? 너한테 보여 주고 싶었어.”

“꽃? ……와아…….”

파란 꽃을 본 앤의 눈이 크게 뜨였다.

앤이 환하게 웃었다.

아련하고 불안정한 인상을 주던 앤의 생명이 확실하게 현실 세계와 이어졌다.

그렇게 여겨지는 웃음이었다.

“굉장해. 정말로 예뻐……!”

“그렇지? 네 눈동자와 똑같은 예쁜 파란색이야.”

브루노는 앤을 보고 상냥하게 고개를 끄덕였다.

브루노의 몸을 감싸는 빛이 점점 늘어났다.

이제는 브루노라는 개체가 아니라 빛 덩어리로만 인식됐다.

“사랑해, 앤. 부디 행복해.”

“후후. 지금껏 그런 말 한 적 없었으면서.”

쑥스러워하며 미소 짓는 앤의 눈에서 굵은 눈물방울이 흘러내렸다.

“어라……?”

앤은 의아해하며 양손으로 눈물을 닦았다.

“나 왜 우는 거지……. 이상하네……. 무척 기쁜데.”

"앤……."

"이러면…… 네가 걱정한다는 거, 아는데……."

"그런 거 신경 쓰지 마, 앤. 울고 싶을 때는 얼마든지 울어도 돼. 하지만 언젠가 눈물을 닦고 고개를 들 용기만큼은 잊어버리지 마."

"……응. 네가 그렇게 말한다면…… 알겠어."

"나랑 약속하는 거다?"

"좋아. 약속. 분명하게 지킬 테니까 걱정하지 마."

앤의 두 눈에서 반짝이는 눈물이 잇따라 떨어졌다.

브루노의 빛은 그런 앤을 감싸듯 그녀의 몸을 덮었다.

"더글러스 씨, 라비 양. 분명 앤은 괜찮을 거야. 나는 앤의 강함을 믿어. ……둘 다 내가 앤과 만날 수 있게 도와줘서 고마워."

"브루노……."

"유령 씨……!"

"너희와 한 여행, 즐거웠어."

"……그래. 우리도 즐거웠어."

"유령 씨……! 안녕. 또 만나……!"

사라지는 브루노에게 라비가 열심히 손을 흔들었다.

"고마워! 나는 행복했어……!"

한없이 밝았던 유령은 만족스러운 목소리로 그렇게 외치고서 살랑이는 바람과 함께 사라졌다.

◇◇◇

앤을 마을에 데려다준 후, 나와 라비는 조용히 여행을 떠났다.

이별의 슬픔은 지금도 가슴에 남아 있었다.

그건 라비도 마찬가지인지 어딘가 침울한 얼굴이었다.

뭐라고 말을 걸어서 위로해 주고 싶었다.

날씨 이야기라도 할까. 너무 뜬금없어서 부자연스러울까?

사색한 내가 겨우 입을 열려고 했을 때, 라비의 작은 목소리가 옆에서 들렸다.

"아빠……. 유령 씨, 슬펐겠지……."

"……그랬겠지."

브루노는 우리를 배려해 밝게 행동했다. 그래도 브루노 자신이 누구보다 괴로웠을 터다.

"하지만……."

라비는 얼굴을 들고 나를 올려다보았다.

"행복했다고 말했어. 그것도 분명, 진짜겠지……?"

"……! ……그래. 그래, 진짜야."

라비의 말에 나는 힘 있게 고개를 끄덕였다.

"슬픔뿐만이 아니라 분명 행복도 있었을 거야. 나는 그렇게 생각하고 싶어."

"……응……. 나도 아빠랑 같은 생각이야."

그렇게 말한 라비의 얼굴에서 슬픔은 사라지지 않았다.

그래도 라비는 더 이상 고개를 숙이지 않고 똑바로 앞을 보고서 걷기 시작했다.

나도 라비를 따르자.

이별은 언제나 슬프다.

하지만 만남이 있으면 반드시 이별도 찾아온다.

앞으로 라비는 인생이라는 긴 여행 중에 씁쓸한 경험을 많이 해 나갈 것이다.

그럴 때 나는 적어도 라비의 마음을 보듬고, 라비가 도움을 구할 때는 버팀목이 되어 주는 아빠가 되고 싶다.

"라비. 다음에 화관을 만들어 줄게. 브루노에게 배운 지 얼마 안 돼서 잘 만들 수 있을지는 모르겠지만."

"와아……! 기대돼."

나는 라비와 약속하며 라비가 잡아 온 손을 꽉 맞잡았다—.

■작가 후기

안녕하세요, 오노나타 마니마니입니다.

이번에 이렇게 『모험가 자격을 박탈당한 아저씨지만, 사랑하는 딸이 생겨서 느긋이 인생을 즐긴다』 2권을 구매해 주셔서 감사합니다. 1권 후기에 뭐라고 쓸지 고민했던 게 엊그제 같은데. 세월 참 빠르네요…….

하지만 이번에는 쓸 내용이 있습니다. 아버지에 관해섭니다.

아버지는 소설책을 전혀 안 읽는 분이라 지금까지 제 책이 나올 때마다 일단 도전한다 → 2~3페이지 읽고 좌절한다를 되풀이했습니다. 그런 아버지가 「모험가 자격」은 매우 마음에 드셨는지 집에서도 들고 다니며 틈만 나면 다시 읽었고, 여름이 끝날 무렵에는 다섯 번째 재독을 마치셨습니다.

아마도 더글러스에 자신을 대입하고 있는 거겠죠. 확실히 더글러스의 우직하고 서툰 인간성은 저희 아버지와 많이 닮았습니다. 가장 가까이 있는 아버지 견본이니까요.

남동생이 태어나기 전에 어머니가 입원한 시기가 있었는데, 그때 아버지와 저는 더글러스와 라비처럼 매일 둘이서 돌아다녔다고 합니다. 약 한 달간 계속. 문어 놀이터에 매일같이 갔던 기억은 제 안에도 어렴풋이 남아 있습니다. 이 이야기, 가족 사이에서 훈훈한 미담처럼 이야기되지만 얼마 전에 깨달았습니다. 아버지, 일은요……?

딸 가진 아저씨, 딸을 원했던 아저씨, 앞으로 아저씨가 될 청년이 아빠의 시선으로 즐겁게 읽기를 바라며 쓴 책인데, 그게 설마 자신의 아버지를 낚을 줄은 몰랐습니다……. 하지만 가족은 원래 재미가 없어도 칭찬해 주니까, 책은 구매해 주신 얼굴도 모르는 독자님을 위해 존재한다고 늘 생각하고 있습니다.

하지만 역시 다섯 번째 재독을 마쳤다고 기쁘게 말하는 아버지를 보고 있자니 이건 그냥 아버지를 위한 책이어도 좋다고 여기고 말았습니다.

외국인 작가의 책을 보면 대체로 첫머리에 『사랑하는 아내 누구누구에게』라고 적혀 있잖아요? 일본인 작가의 책에서는 전혀 안 보이지만요. 왠지 부끄럽긴 하죠.

페이지 끝이 슬쩍 보이기 시작했으니 마지막으로 감사 인사를 하겠습니다. 일러스트를 담당해 주신 후지 초코 님, 이번에도 멋진 삽화들을 그려 주셔서 감사합니다! 귀여운 라비와 멋있는 더글러스가 도착할 때마다 모니터 앞에서 까무러칩니다. 담당자 M 님, 여러 가지로 걱정 끼쳐서 죄송합니다! 항상 후기에서 M 님께 사과하네요. 스포츠 추진 위원회의 스승으로서 앞으로도 많이 가르쳐 주세요!

그리고 실은 오늘! 「모험가 자격」의 만화책 1권이 동시 발매됩니다!(※일본 내의 발매일정에 관한 이야기이며, 한국 내 발매 일정과는 무관합니다.)

곤란하게도 「소설보다 재미있잖아!」 하는 생각이 들 만큼 멋진 작품이니 이쪽도 꼭 같이 즐겨 주신다면 좋겠습니다!

2018년 10월 어느 날 이사를 조금씩 준비하며 오노나타 마니마니

모험가 자격을 박탈당한 아저씨지만, 사랑하는 딸이 생겨서
느긋이 인생을 즐긴다 2

초판 1쇄 발행 2020년 8월 20일

지은이_ Manimani Ononata
일러스트_ Fuzichoco
옮긴이_ 송재희

발행인_ 신현호
편집부장_ 윤영천
편집진행_ 김기준 · 김승신 · 원현선 · 권세라 · 유재슬
편집디자인_ 양우연
국제업무_ 정아라 · 전은지
관리 · 영업_ 김민원 · 조은걸 · 조인희

펴낸곳_ (주)디앤씨미디어
등록_ 2002년 4월 25일 제20-260호
주소_ 서울시 구로구 디지털로 26길 111 JnK디지털타워 503호
전화_ 02-333-2513(대표)
팩시밀리_ 02-333-2514
이메일_ lnovelpiya@naver.com
L노벨 공식 카페_ http://cafe.naver.com/lnovel11

BOKENSHA LICENSE WO HAKUDATSU SARETA OSSAN DAKEDO, MANAMUSUME GA DEKITA NODE NONBIRI JINSEI WO OKASURU 2

ISBN 979-11-278-5650-2 04830
ISBN 979-11-278-5441-6 (세트)

값 9,800원